당당한 여자 & 귀여운 여자

진 베어 지음 | 서지혜 옮김

돌선 **선영사**

| 옮긴이 서지혜 |

⊛ 경북 김천에서 출생함.
⊛ 이화여대 영문과 졸업.
⊛ 대학 졸업과 동시에 독문학을 공부하는 부군과 함께 독일에서 생활하다 귀
  국한 후 전공인 영문학을 다시 공부함.
  독일에 체류중일 때는 헤르만 헤세에 심취하여 그 작품을 연구, 몇 편 우
  리말로 옮기기도 했으나 부전공으로의 벽을 뚫지 못한 채 오랫동안 회의에
  빠지기도 했다. 그러나 난관을 극복하고 새로운 각오로 우리말로 옮긴 원
  고가 『예쁘기보다는 매력적으로 사는 여자가 되고 싶다 〈서연 간행〉』, 『당당
  한 여자&귀여운 여자 〈선영사 간행〉』, 『연인과 만나는 72가지 방법 〈선영사
  간행〉』이다.
  진 베어의 작품이 10여년 전부터 우리나라에 몇 편 발표·번역되었지만 문화
  및 인식의 차이를 크게 넘지 못했다. 그러나 이번에 완전히 우리것으로 소화
  시켰다는 평가를 받고, 번역 원고를 출판사에 넘긴 그날 서지혜 씨는 부군과
  함께 다시 독일로 떠났다.

당당한 여자 & 귀여운 여자

1판 1쇄 인쇄 / 1996년 07월 15일
1판 1쇄 발행 / 1996년 07월 20일
2판 2쇄 발행 / 2001년 11월 20일
3판 1쇄 발행 / 2016년 01월 10일

지은이 / 진 베어
옮긴이 / 서지혜
편집디자인 / 김용원 · 신봉희
표지디자인 / 정은영

펴낸이 / 김영길
펴낸곳 / 도서출판 선영사
주 소 / 서울시 마포구 서교동 485-14 영진상가 지층
TEL / (02)338-8231~2 FAX / (02)338-8233
E-mail / sunyoungsa@hanmail.net

등 록 / 1983년 6월 29일 (제02-01-51호)

ISBN 978-89-7558-178-6 03840

▶ 머리말 ◀

자기를 존중하며 사는 삶은 어떤 것인가?

또 그렇게 살기 위한 구체적인 노력들은 어떻게 해야 하는가?

이것은 참으로 쉬운 듯하면서도 매우 까다로운 문제라 아니할 수 없다.

바야흐로 우리는 획기적인 21세기를 맞아 혁신적인 변혁의 시대에 살고 있으면서도 아직까지 정정당당한 자기 표현을 어떻게 하는지도 모른 채 인생이나 직장에서 효과적인 시간을 보내고 있지 못하다.

아직까지 여성들은 대체로 '권리'라는 면에서 약하다. 사회에서, 아내로서, 엄마로서 책임과 의무만이 강조되고, 어떠한 일이 있어도 무조건 양보하고 참는 것만이 미덕(美德)이라는 관념에 젖어 정작 자신의 삶에 대해선 뒤돌아보지 않고 살아온 것이다.

하지만 이제 시대가 변했다. 여성의 행동과 가치관과 생활방식까지도 지배하던 남성우월주의의 시대는 점차 사라지고 이제 비로소 남녀동등의 문화가 자리잡아 가고 있는 것이다.

여성의 사회활동도 활발해져 각 분야에서 활약하고 있는 여성들의 수가 갈수록 증가하고 있으며, 어느 분야에서나 여성들의 능력이 높이 평가되고 있는 것은 이제는 굳이 강조하지 않아도 자연스러운 일이 되었다.

이 책에서는 한 여성으로서 나는 무엇인가, 내가 하고 싶은 것은 무엇인가를 헤아려 볼 수 있는 계기를 마련해 주며, 직장이나 사회에서, 또 아내로서 엄마로서 처해진 여성의 정당한 권리를 현명하게 주장할 수 있는 방법을 통쾌한 문체로 제시해 주고 있다.

나는 어떤 타입의 여자인가, 나의 약점 발견해 내기, 주위에서 나를 지키는 방법, 솔직하게 나를 '주어'로 말하기, 불안의 원인, 비판을 스스럼없이 받아들이기, 분노를 가라앉히는 방법, 나를 존중하는 생활은 어떤 것인가, 결혼생활의 총체적 점검…… 등의 내용들을 상세하게 설명해 줌으로써 한 여자이기 이전에 한 인간으로서의 진정한 삶을 어떻게 살아가야 좋은지를 극명하게 밝혀 주는 지침서로서 손색이 없다.

'자기를 지키는 훈련'——즉, 모든 외적인 문제로부터 자신을 올바르게 표현하고 현명하게 지키는 방법들을 연습하고 훈련하여 좌절과 실망을 피하고 용기와 지혜로써 노력하는 여성에게 아름답고 참다운 인생은 펼쳐지게 되는 것이다.

끝으로, 이 책을 활용하여 좀더 매력적인 여성, 좀더 사랑받는 여성, 좀더 능력있는 여성이 되어 자신의 삶을 확실히 자신의 것으로 가꾸어 나가는 계기가 되었으면 좋겠다.

옮긴이 드림

【자신을 지키줄 아는 여성】

어제 나는 무척 힘겨운 하루를 보냈다.

작업이 순조롭게 진행되지 않아 신경이 쓰이고 있는 참에 아래층에 사는 사람이 전화를 걸어 난방이 제대로 안 된다고 귀에 거슬리는 소리를 했다. 난방용 파이프가 위아래로 연결되어 있기 때문에 우리 집의 온도가 올라가면 그만큼 아래층에 사는 사람들은 열기를 잘 공급받지 못하는 것 같았다.

나는 미안하다는 말을 몇 번이고 한 다음, 난방 파이프를 조사해 보았다. 그런데 어찌된 일인지 우리 집에도 스팀은 들어오지 않고 있었다.

그날 오후, 나는 내가 좋아하는 그림을 액자에 넣기 위해 집을 나섰다.

나는 10달러 정도의 간단한 것으로 맞출 생각이었으나 결국 20달러나 되는 은색 액자를 고르게 되었다. 액자 가게의 주인 할아버지가 너무나도 지친 듯한 표정이어서 차마 싫다는 말을 할 수가 없었다.

이 두 가지의 사소한 사건은 웬일인지 하루 종일 나의 기분을 거스르고 있었다.

이제 글 쓰는 일이나 해 볼까? 소설을 쓸까? 그랬다가 실패라도 하면 어쩌지? 이제까지처럼 논픽션이나 써볼까? 그게 안전하지 않을까?

어머니가 돌아가시면서 나와 내 여동생에게 물려준 은제 식기가 갑자기 생각났다.

어머니가 돌아가시고 나서 22년 간이나 우리들의 양모가 그것을 사용해 왔다.

요즘에 빵 담을 접시가 없어 아쉬운데 어머니가 물려준 것이 그렇게 있는데도 또 살 필요는 없지 않을까?

이번에는 남편과 그의 전처 사이에 태어난 딸애가 생각났다.

그의 전처와 이혼할 때 앤(그 딸의 이름)과 매주 토요일에 점심을 같이해도 좋다는 양해를 했었다.

그러나 그는 딸애를 우리 집에 데려오거나 그들 부녀가 점심을 하는 자리에 나를 초청해 준 적이 한 번도 없다.

나는 도대체 그의 무엇인가? 우리 집 가정 경제의 절반은 내가 담당하고 있음에도 불구하고, 남편이 낳은 아이를 만날 수 없다니?

웬일인지 마음이 불쾌해져서 그날 밤 나는 잠을 제대로 이룰 수가 없었다.

'나를 지키는 노력'을 하기 전이라면 아마 속으로만 가슴 아프게 생각하면서도 겉으로는 어떤 행동도 하지 못했을 것이다.

그러나 지금은 다르다.

오늘 아침 자리에서 일어나자마자 나는 내 자신에게 물었다.

"너 자신의 생활인데 이대로 가만히 있어야겠니?"

　나는 아래층 사람들이 사는 아파트 문을 두드렸다. 우리 집에도 스팀이 잘 들어오지 않는다는 이야기를 전하고, 그쪽에서 직접 관리인에게 이야기해 보지 않겠느냐고 말했다.

　다음에는 액자 가게에 전화를 걸어 은색 액자가 아니라 심플한 검정 액자로 해달라고 부탁했다. 주인 할아버지는 벌써 일을 착수했기 때문에 안 된다고 했다.

　그래도 부탁하고 싶은 것은 해야겠다고 생각하여, 결국 15달러로 값을 깎는 정도에 그쳤지만.

　그 다음 나는 출판사에 전화를 걸어 내 저작물을 담당하는 사람에게 나의 생각을 말했다. 그랬더니 그가 얘기했다.

　"소설과 논픽션의 구상하시는 내용을 요약해서 팩스로 보내주시겠습니까? 그것으로 검토해 보기로 하죠. 그런데 지금 와서 새삼스럽게 걱정하시는 이유는 무엇인가요?"

　나에게 타당한 조언이다.

　나는 용기를 내어 새엄마에게 전화했다. 은제 식기의 소유권이 누구에게 있는가 하는 문제에 관해 자세히 설명했다. 내 말이 채 끝나기도 전에 그녀는 말했다.

　"물론 그건 너와 리의 것이지. 네가 돌려달라고 하기를 기다리고 있었단다. 은제 식기 닦는 것도 이젠 싫증이 났구나."

　그날 밤 커피를 마시면서 나는 남편 허브에게 말했다. 눈물을 찔끔거리면서 하소연하는 말투가 아니라 담담한 어조로.

"당신이 우리 집에 앤을 데려오지 않는 건 잘못이라고 생각해요. 이번 토요일에는 집에 가서 점심을 하지 않겠느냐고 그애한테 물어보세요. 싫다고 하더라도 나는 괜찮아요. 결정은 그애가 내릴 거니까요."

'당신은 도대체 날 어떻게 생각하고 있어요?' 하고 묻는 것과는 근본적으로 다르다.

남편은 전혀 불쾌하지 않은 표정으로 "그러지" 하고 대답했다.

이리하여 내 기분은 산뜻하게 개었다.

내 입장을 분명하게 표현하고, 그리고 내가 내린 결정에는 내가 책임을 진다. 나는 이런 나 자신을 좋아한다.

당신도 자신을 지킬 줄 아는 여성이 될 수 있다. 그렇다고 이것이 하루아침에 이루어지는 것은 아니다. 당신의 어머니와 사회로부터 오랫동안 강요받은 쓸모없는 관념과 습관을 당신의 머릿속에서 몰아내겠다는 강인한 노력을 끊임없이 하지 않고는 이룩할 수 없는 일이다.

당신 자신이 변하지 않는데 사회가 변할 리 없다. 그러나 노력만 한다면 당신은 사회를 변화시킬 수도 있다는 생각을 결코 잊어서는 안 된다.

차례

2 주위에서 나를 지키는 위해서는

3 나를 존중하는 생활을 위하여

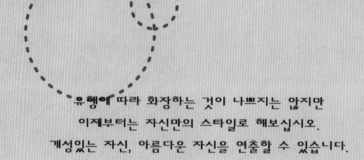

유행에 따라 화장하는 것이 나쁘지는 않지만
이제부터는 자신만의 스타일로 해보십시오.
개성있는 자신, 아름다운 자신을 연출할 수 있습니다.

왜 여자는 '끼ㅁ'를 모르나

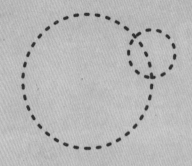

우리 사이의 우정을 끊을 것인가,
표면상으로만 친구 사이를 유지할까!
나는 그녀와 과감하게 절교하기로 했다.
30년간이나 유지해 온 사이를 단절함으로써
비로소 나는 언제나 마음을 누르고
있던 압박감을 떨칠 수 있었다.

일반적 관념만을 주입 받은
여성이 성취해가는 삶

제인과 빌이 테니스를 치고 있었다.

제인이 실력은 조금 나았지만 언제나 빌이 이기는 편이었다.

'만약 내가 이긴다면 두 번 다시는 나에게 테니스 치자는 말을 하지 않겠지.'

제인의 마음 속에는 이런 생각으로 가득 차 있었다.

패트는 세 아이의 어머니다. 직업은 인테리어 디자이너.

어느 날, 오랫동안 만나지 못했던 동생이 멀리 캘리포니아에서 전화를 걸어왔다.

"이번에 동부 여행을 하게 됐는데, 한 2주일 정도 언니 집에서 묵어도 될까?"

사정이 있었고 마침 빈방도 없었다. 하지만 패트는 'No'라는 말을 할 수가 없었다. '만약 거절한다면 그애는 화를 내겠지? 하는 염려 때문이다.

엘리스에게는 남자 친구가 많았다. 좋은 직장에 다니는

덕에 수입도 괜찮았다. 그래서 그녀는 자기 혼자서 자유롭게 살기를 원했다.

그렇지만 그녀의 어머니는 26살이나 된 딸이 독신 생활을 한다는 게 안심이 되지 않았다.

"글쎄, 네가 결혼이라도 한다면 모르겠지만……."

언제나 이런 말로 거절했다. 어머니가 이런 식으로 나오니 엘리스는 더 이상 자기 생각을 밀고나갈 용기가 나지 않았다.

루시는 최근 관리직으로 승진했다. 전임자가 데리고 있던 부하 직원들도 루시가 거느리게 되었다. 그런데 그 부하 직원 가운데 한 사람이 말썽을 부리는 것이었다. 지각하는 일이 다반사일 뿐 아니라 지시하는 일도 제대로 처리하지 않았다. 그렇지만 루시는 자기의 권한을 휘둘러서 그 사람을 통솔하겠다는 용기가 나지 않았다.

그래서 그녀는 오히려 자신이 조금 빨리 출근해서 필요한 일을 대신하기로 했다. 그런데 이런 행동이 도리어 다른 부하 직원들의 불만을 초래하게 되었다. 왜냐하면 루시는 관리자로서의 역할을 제대로 못 하고 있는 셈이었다.

제인, 패트, 엘리스, 루시——이들 네 여자는 나이도 다르고 얼굴 생김새도 다르며, 사회·경제적 위치도 다르다. 그렇지만 하나의 공통점이 있다. 그것은 네 사람이 하나같이 자기 자신을 지킬 줄 모른다는 것이다.

다른 사람의 시선을 너무 의식한 나머지 도에 지나친 요구를 받아도 'NO'라는 말을 결코 할 줄 모른다.

자기의 속마음을 드러내지 못하며, 그럴 경우에 나타날 결과를 두려워하고 있는 것이다. 결국 자기 생활을 다른 사람에게 떠맡겨 버린 셈이다.

그러나 그들은 오히려 자기들이 주위의 희생자라는 생각을 하고 있다.

이와 같은 생활 태도는 엄청나게 심각한 결과를 초래한다.

나는 누구인가, 나는 무엇을 바라고 있는가. 원하는 바를 위해서는 어떤 방법을 써야 할 것인가. 끊임없이 추구하지만 도무지 답답하기만 하다. 잘 이루어지지 않으니 끊임없이 구실을 찾게 된다.

만약 내가 이런 일을 한다면 승진하게 될지도 몰라. 그렇게 되면 친구들은 흩어지겠지. 직장을 잃게 될지도 몰라. 남편한테 버림받게 될지도 몰라.

이러한 커다란 착각에 빠져 있는 것이다.

'나 자신의 기쁨보다는 다른 사람의 기쁨을 중요시해야 돼. 나를 버리고 남을 기쁘게 한다면 그 사람은 나를 좋아하고 존경하게 될 거야. 내 일보다 남의 요구부터 먼저 들어준다면 내게 그 사람의 도움이 필요할 때 그 사람은 나를 도와줄 거야. 다른 사람들의 마음에 들지 못한다면 내 자신의 행복도 불가능하게 될 거야.'

이런 합리화를 하려 한다.

그러나 당신이 다른 사람에게 마음을 쏟고 있을 때 당신 자신은 이미 사라지고 만 것이다.

자기 자신이 결여된 인간이 어떻게 남에게 대단한 존재로 보일수 있겠는가?

많은 여성들은——모두가 그렇다고 할 수는 없겠지만——어째서 확고하게 자기 자신을 지키지 못하는 걸까?

'여자'라는 고정 관념을 깨야

'자기 자신을 굳건히 지켜나가는 여자는 직장에서나 가정에서 다루기가 매우 힘들다.'

이것은 심리학자·부모·교사·작가·평론가·기업가들이 하나같이 여성의 머릿속에 주입시켜 온 고정 관념이다.

여성들이 '자기 분수를 알라'는 가르침을 얼마나 뼈저리게 받아왔는지는 성경에도 잘 나타나 있다.

〈창세기〉에 이런 말이 나온다.

"하나님이 천지를 창조하시고…… 하나님이 말씀하시기를 '우리의 형상을 따라 우리의 모양대로 우리가 사람을 만들고 그로 바다의 고기와 공중의 새와 육축과 온 땅과 땅에 기는 모든 것을 다스리게 하자' 하시고 …… '그 갈빗대 하나를 취하고 살로 대자를 만드시고 그를 아담에게로 이끌어 오시니' …… '여호와 하나님이 여자에게 이르시되, 네가 어찌하여 이렇게 하였느냐? 여자가 말하기를 뱀이 나를 꾀므로 내가 먹었나이다' …… 또 여자에게 이르시되, 내가 네게 잉태하는 고통을 크게 더 하리

니 네가 수고하고 자식을 낳을 것이며, 너는 남편을 사모하고
남편은 너를 다스릴 것이니라……"

성경에 이렇게 씌어진 이후 글 쓰는 사람들은 대부분 여성을
격하시켜 왔다.

로랭스 다렐은 그의 책 《쥐스티느》에서 이렇게 쓰고 있다.

"여자에 관해 우리는 세 가지를 말할 수 있다. 남자는 여자를
사랑할 수 있다는 것, 여자로 인하여 고통을 맛볼 수 있다는
것, 그리고 여자를 문학 작품화할 수 있다는 것이다."

에머슨은 또 이렇게 말한다.

"여자의 강점은 여자가 약하다는 바로 그 점에 있다. 여기에
는 저항이 있을 수 없으니까."

여자아이가 지적인 경쟁에서 남자아이를 이길 수 있는가 하는
데 대해 부정적인 감정을 피터는 〈학교 시절〉이라는 시에서,
매우 시적으로 표현하고 있다.

맞춤법 시험에서 남자아이들보다 좋은 점수를 얻은 여자아이
는 이렇게 말한다.

말을 제대로 쓸 줄 알아서 미안하구나
너보다 좋은 점수를 받긴 싫었는데
하지만——갈색 눈을 내리깔면서——
하지만 넌 알고 있겠지
내가 널 좋아하고 있다는 걸

프로이트는, 여자란 생태학적으로 남자보다 열등한

존재로 보았으며, 음경 선망(penis envy)에 사로잡혀 있다가 사내아이를 낳음으로써 겨우 그 보상 심리가 만족된다고 말했다.

헬렌도이츠 박사는 《여성의 심리》라는 책에서 여성의 자연스러운 특성 중의 하나는 '복종과 학대받음'이라고 강조한 바가 있다.

또한 유명한 여류 정신과 의사는 나에게 이런 말을 한 적이 있다.

"제 스승 디더 리크 박사님은 늘 '여자란 매사에 신중해야 여자라 할 수 있죠'라고 했었어요. 지금도 그 목소리가 귓가에 들리는 것 같아요."

이런 생각들은 결코 옛날의 사고 방식이 아니다. 이런 지배적인 관념에 사로잡혀 있다고 해도 과언이 아니다. 문화적으로 여성은 피동적인 역할을 담당하는 것이 당연하다는 생각이 일반적인 견해로 자리잡아 왔기 때문이다.

아이러니컬하게도 남성들만 그런 생각을 하는 게 아니다. 여성 가운데도 무의식적으로 그런 사고 방식을 가지고 있는 사람이 의외로 많다.

어린 시절부터 여자는 이미 다른 사람에게 의존하는 훈련을 받으며, 학교 교육은 그것을 더욱더 강화시켜 주는 역할을 해온 것이 사실이다.

독립, 자기 주장, 진지하고 이성적인 사고(思考)——이것이 인간에게 바람직한 특성이라면 그것이 남자에게만 국한되어서는 안 되지 않겠는가. 그럼에도 불구하고 유감스럽게도 부모들은 무의식 속에서 그렇게 생각하고 있지 않다. 딸들이 아무리 자기를 지킬 줄 아는 인간이 되려 해도 부모는 그것을 허락하지 않는다.

부모는 이미 어릴 때부터 아이들을 어떤 틀 속에 넣어서 기르기 시작한다.

아들에게는 '모든 일에 적극적이어야 한다. 경쟁하라, 독립심을 가져라'하고 가르치면서, 딸에게는 소극적으로 남에게 의지하는 면을 크게 부각시켜 칭찬해 준다.

한 연구에 따르면 여자아이는 생후 6개월만 되면 벌써 사내아이에 비해 엄마가 말을 걸거나 만져주는 횟수가 더 많다고 한다. 13개월이 지나면서부터 여자아이는 엄마 곁을 떠나지 않으려는 경향이 남자아이보다 강해진다.

장애물 놀이를 해 보아도 알 수 있다. 엄마 앞쪽으로 장애물을 놓고 건너오라 하면 남자아이는 어떻게 해서든지 그것을 넘으려고 하지만 여자아이는 주저앉아서 울음부터 터뜨려 도움을 청한다.

또 부모는 여자아이에게는 될 수 있는 대로 자기를 낮추도록 가르친다.

남자아이가 "이런 것쯤은 나도 너끈히 해낼 수 있어!" 하고 자신만만하게 말할 때는 칭찬을 해 주면서도 여자아이가 똑같은 말을 할 때는 그렇지 않은 경우가 많다. 여자아이가 자만심을 가지다니, 하면서 여자답지 못하다고 생각하기 때문이다.

이렇듯 여자아이는 유년 시절부터 이미 여자라는 자기 자신을 칭찬하는 훈련을 받지 못하고 성장한다. '이런 것쯤이야 나도 얼마든지 해낼 수 있어!'라는 생각을 하지 않고, '난 어쩌면 이렇게 못 할까!' 하고 자기 자신을 원망하는 것부터 먼저 배우고 있는 것이다.

다 큰 다음에도 여자아이는 남자아이보다 훨씬 엄격한 감독을 받게 된다. 귀가 시간이 정해져 있는 데 반해 남자아이들은 그렇지가 않다.

부모는 남자아이의 친구에 관해서는 이렇다 할 간섭 한마디 하지 않지만, 딸에게는 이 친구는 어떻고 저 친구는 어떻느니 하면서 간섭을 한다. 열여섯 살 난 아들에게는 자동차를 내주면서도 열일곱 살의 딸은 자동차 옆에도 가지 못하게 한다.

데이트할 나이가 되었을 때 주도권을 장악하는 것은 남자다. 여자아이는 가만히 앉아서 남자에게서 전화가 오기만을 무작정 기다릴 뿐이다.

엄마나 잡지나 《닥터 우먼》(M. 모건이 지은 책. 여자는 남자의 의견을 따라야 한다는 주장을 펴고 있다) 등은 모두 이렇게 말하고 있다.

"남자들의 취미에 깊은 관심을 가져라……. 지나치게 자기 얘기만 하지 말아라……. 파리를 잡기 위해서는 식초보다는 꿀을 사용하는 것이 좋다."

직장의 선택 문제에 있어서도 부모는 정해진 사고 방식의 틀 속에서 생각한다. 예컨대 똑같이 생물학에 관심을 가져도 남자아이에게는 의사가 되기를 권하지만, 여자아이에게는 간호사가 되라고 바라기 일쑤다.

학교 교육에서도조차 어린이의 성장 발달 과정에서 가르치는 남자아이와 여자아이 사이에 서로 상반된 도덕적 기준을 적용하는 경우가 흔히 있다. 유치원 시절부터 남자아이들은 무슨 일이든 혼자 힘으로 해 보라고 내버려두지만, 여자아이는 하는 일마다 간섭하여 도움을 주려고 한다.

결과적으로 남자아이들은 독립심이 길러지지만, 여자아이들은 다른 사람의 도움이나 승낙이 없이는 아무것도 못한다. 이렇게 길러진 의타심은 젊은 여성이 자기 성공을 위해 노력하고 새로운 길을 개척하며 어떠한 위험에 맞서고자 하는 의욕을 쉽게 포기하게 만들었다.

초등학교 아이들에게 퍼즐 문제를 주어 실험해 본 결과, 남자아이들은 어른이 가르쳐 준 것과는 달리 독자적으로 새로운 해결 방법을 찾는 경향이 강한 데 반하여, 여자아이들은 어른이 가르쳐 준 대로만 모방하는 경향이 강했다고 한다.

남녀를 막론하고 성장한 후 인생의 형성기에는 사회의 일반적인 관념이 또 그들에게 커다란 영향을 미친다. 즉, 남자는 말을 똑똑하게 하고 스스로 주도권을 쥐어야 한다고 배우며, 무슨 일을 하든 다른 사람의 허락 같은 것을 받을 필요가 없다는 이기적인 생각도 주입된다.

그런 반면 여자는 자기 자신부터가 남자와 동등하다는 생각조차 하지 않으므로 동등한 행동을 해서는 안 된다는 고정 관념을 갖게 된다. 따라서 아예 남자나 고용자나 친척이나 사회나 모두 여자에 대해 동등하게 취급하지 않는다.

성적인 역할에 집착하여 남자든 여자든 각기 자기의 성에 적합하지 못하다고 생각하는 태도도 버려야 한다.

우리는 여성스럽다고 생각되는 행동거지를 훈련하고 다른 사람의 높은 평가를 받으려고 노력하는 여성을 주위에서 흔히 볼 수 있다.

"당신의 행운을 위해서 나는 존재하는 거예요. 난, 나 자신은 아무래도 상관없어요."

TV 같은 공개적인 자리에서 공공연히 이러한 말을 하는 것을 자주 들을 수 있다.

질문을 받아도 대답조차 제대로 못 한다. 여자들은 때로 이성보다는 감정을 중요시하는 면이 강해 자기가 실제로 느끼고 있는 것을 분명하게 표현하는 것을 어려워한다. 그리하여 직접적인 표현보다 간접적 표현을 택한다.

'여자답지 못하다', '웬 여자가 저렇담', '좀 이상한 여자'라는 등의 말을 듣지 않기 위해서 되도록 간접적인 방법으로 자기의 의도하는 바를 목적을 달성하는 요령을 먼저 배우게 된다. 예를 들면 나 자신도 아직까지 '방이 춥군요' 하고 말함으로써 다른 사람이 창문을 닫아주기를 기대하는 일이 있다.

〈나를 지키는 모임〉에 다니기 전에, 나는 남편에게 직설적으로 "약국에 가서 반창고 좀 사다 줘요" 하는 말을 못하고 "오늘 36번가에 갈 일이 없나요?" 하는 식으로 말했었다.

만약 그렇게 직설적인 표현을 한다면 나쁜 평을 받을까 두려웠던 것이다.

아직도 자기 어머니로부터 배운 생활 태도가 몸에 배인 여성들이 많다. 나와 함께 모임에서 교육을 받았던 한 여성의 예를 들어보자.

그녀의 어머니는 그녀에게 되도록 남편과 함께 있으라고 가르쳐 왔다. 그렇지 않으면 남편을 잃게 될지도 모른다는 것이다. 여덟 살 무렵부터 귀에 못이 박히도록 들어온 이야기이다.

지금은 34세의 가정주부로서, 직장과 가정을 가졌을 뿐만 아니라 자녀도 있다.

최근의 일이다. 그녀의 남편은 수요일 밤에 하는 메트로폴리탄 오페라 관람권을 사왔다. 그러나 그녀는 매주 수요일 밤마다 친구들과 무엇을 배우고 있었다. 그녀는 이것을 빠지고 싶지 않았다. 남편은 쉽게 결정을 내렸다.

"좋아, 그럼 내 친구하고 같이 가지."

그런데 이 때 그녀는 이렇게 대답했다.

"난…… 사실은 오페라를 좋아하지 않아요. 공부하러 가는 게 좋아요. 그렇지만…… 오페라를 구경하러 갈래요. '남편 혼자서 나돌아다니게 해서는 안 된다'고 엄마가 말씀하셨거든요."

여성들은 어린 시절의 교육을 통해서 사회의 일반적인 관념만을 주입받은 경우가 대다수이다.

미국의 심리학자 엘리자베스 E. 민츠 박사는 특히 일반적인 사회의 통념 네 가지를 제시하고 있다.

① 여성은 일반적으로 결혼을 원한다. 만약 결혼을 원하지 않는다면 그녀는 섹스에 대한 공포증이 있거나 여자답지 못하거나 '이상한 여자'에 속한다.

② 여성은 자녀를 낳기를 원하는 것이 보통이다.

어린애를 바라지 않는 여자는 심리적으로 결함이 있다고 보아야 한다.

③ 남자로서는 야심이 없는 것이 심리적인 결함이 되지만, 여자는 그런 것이 당연하고 심리적으로 건강하다는 증거가 된다.

④ 이성간에 교제할 때도 남자가 주도적인 역할을 하는 것이 당연하다. 여자가 먼저 전화를 걸 경우에는 무슨 다른 구실을 찾아 하고, 직접적으로 용건을 말해서는 안 된다.

성적 욕구의 표현도 물론 남자가 해야 한다. 만약 그런 말을 하는 여자가 있다면 그것은 여자로서 상식 밖의 짓이다.

이외에도 여러 가지를 제시했다—여자는 남자에 비해 경쟁심이 없고, 소극적이고, 자존심도 없으며, 명성을 드높이고 싶은 생각도 없다…….

《성별 심리학》에는 (엘리너 E. 매코비와 캐럴 N. 재클린 공저) 이렇게 쓰고 있다.

'여러 가지 자료를 분석해 본 결과 남성과 여성 사이에 심리적으로 어느 정도 차이가 있다고 하는 이제까지의 관념은 근거 없는 것임이 밝혀졌다.'

이러한 이제까지의 관념이 사실인지 아닌지는 별개로 하더라도 그와 같은 고정 관념이 주는 영향은 실제 너무나도 큰 것만은 부인할 수 없다.

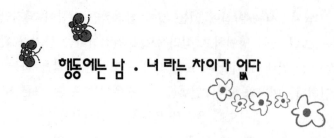

행동에는 남·녀 라는 차이가 없다

《제3신국제사전》을 보면 'bipolar'라는 말은 '두 개의 상반된 세력, 또는 두 개의 대립된 성격, 성질, 사고 방식'이라는 뜻이라고 한다.

미국 사회에서는 이토록 남녀를 양극과도 같이 서로 완전히 다른 것으로 생각해 왔다. 이 양극의 한쪽 끝에는 남성적인 것이요, 다른 한쪽 끝은 여성적인 것이다.

즉, 남자는 남성적이고 여자는 여성적으로 규정지워진 이 두 개의 성별 사이에는 아무런 공통점도 없다는 것이다.

그래서 만약 여자가 야심이나 독립심 또는 '남성적인' 성격을 가졌다면 그것은 당신이 남성적인 것을 향해 접근하고 있다는 뜻이며, 여성적인 것을 잃어가고 있다는 이야기가 되는 것이다.

이에 반해 스탠퍼드 대학의 산드라 L. 보임 박사는 그러한 관점을 부정한다.

행동에는 성(性)의 구별이 없으며, 남성적인 것과 여성적인 것은 상호 보완적이기 때문에 한 인간 속에 남성적인 면과 여성적인 면이 동시에 있다고 그녀는 주장한다.

여성은 여성적인 것을 여전히 지켜 나가면서도 '독립심'이나 '자기 주장을 분명히 하는 의지' 같은 이제까지 남자의 특성이라고 간주하던 성격을 가질 수 있다는 얘기다.

또한, 보임 박사는 남녀 모두에게 심리적 건강에 관한 새로운 표준이 마련되어야 한다는 것이다. 다시 말하면 이제까지의 고정 관념을 버리고 남녀 누구나 갖는 가장 바람직한 특징을 남녀가 동등하게 자유롭게 표현할 수 있는 양성적인 세계를 의미하는 것이다.

여기에서 '양성적인 사람이란, 사회적인 규정에 구애받지 않고 행동면에서나 정서면에서나 어떤 일이든 자유로이 행할 수 있는 사람을 말한다.'

보임 박사가 그녀의 동료들과 함께 고정화된 성(性)의 역할이 행동면에서 어떤 영향을 미치는지 연구한 결과를 보자.

인간의 성격을 60가지로 분류한 '보임의 성(性) 역할 목록'(BSRI)을 사용했는데, 그 60가지 항목 가운데 20가지는, '야심적이다' '자기 자신에게 의지한다' '독립심이 있다' '자기 자신을 내세운다' 등과 같이 전통적으로 남성적인 것으로 생각해 온 성격을 나열했다.

또 다른 20가지는, '애정이 있다' '상냥하다' '인정이 있다' '다른 사람의 기분을 이해해 준다' 등과 같이 여성적인 성격으로 분류했다.

그리고 나머지 20가지는, '정직하다' '붙임성이 있다' '남의 호감을 산다' 등과 같이, 어느 한 성에 고정되지 않은 자기 주관적 성격들이었다.

남자에게 어울리는 성격과 여자에게 어울리는 성격을 각각 골라 순서를 매기는 방법을 취했으며, 조사 대상은 대학생으로 하였다.

보임 박사 연구팀은 '여성적인' 여성은 아마 자기를 내세우는 면이 약할 것이라는 가정을 세워서 조사에 임했다. '전화 통화 상담'이라는 방법을 빌려 학생들에게 일방적인 부탁을 하는 방법이다.

"학생을 대상으로 하는 각종 보험에 관해 인터뷰를 좀 하고 싶은데 시간이 있나요? 인터뷰는 약 2시간 정도 걸리지만, 사례는 없습니다."

인터뷰에 응할 수 있는지의 여부는 묻지 않고 언제 시간이 있는지만 일방적으로 물어본다.

만약 응한다면 학생은 시간과 노력에 있어서 커다란 손실이며, 무엇보다 우선 귀찮을 것이다. 그러나 거절하기 위해선 그는 자기 주장을 확실히 하지 않으면 안 된다.

조사 결과 '여성적'이라고 분류된 여성은 자기 입장을 분명히 표현하지 못하여 상대방의 무리한 부탁을 거절하기가 어려운 사람들이었다.

'남성적' 및 '양성적'이라고 분류된 남녀 학생 가운데 거절하지 못한 사람은 전체의 28%였는데 비하여, '여성적'인 학생들은 67%가 거절하지 못했다.

보임 박사의 연구 결과 다음과 같은 결론에 다다르게 되었다.

"전통적으로 '남성적' 또는 '여성적'이라는 개념이 인간의 행동을 뚜렷하게 구속하고 있음을 알게 되었다.

오늘날과 같이 복잡한 현대 사회에서는 남자나 여자나 성인이 되었으면 자기 주장을 펴는 데 있어 분명해야 하며, 자립적이며, 다른 사람이 아닌 바로 자기 자신에게 의지해야만 생활할 수 있다. 그런데 전통적으로 '여성적'이라는 개념에 사로잡혀 있는 여성들은 그와 같은 생활을 하지 못하고 있다. 남녀 모두에게 바람직한 사고 방식은 자립심이 있는 동시에 상냥하고, 자기 주장이 강하면서도 필요할 때는 양보하고, 남성적이면서 동시에 여성적인 것이다. 그리하여 행동의 범위는 더욱더 넓어지고, 여러 가지 상황에도 더욱 효과적으로 대처할 수 있게 되는 것이다.

현재의 태도를 바꾸면
당신은 새로 태어난다

나 자신이 새롭게 태어나고 싶은 의지가 있어서 당신의 행동방식을 변화시키려면 외면적 태도와 자신에 대한 마음가짐도 달라져야 한다는 사실이 전제된다.

그 목적은 '나는 나 자신을 좋아한다…… 나는 있는 그대로의 나를 좋아한다' 하고 자기 자신에 대한 존경심을 갖는 데 있다.

'난 이미 안 돼' 하고 용기를 잃어 의기 소침해 있거나 조바심을 갖거나 다른 사람에게 의지하거나 거절당할까 봐 미리 두려워하는 모습 등 이러한 태도는 모두 당신의 성장 과정에서 익혀온 것들이다.

그러나 부모나 선생님 또는 친구들한테 배운 생활 태도는 당신이 마음먹기에 따라서 쉽게 고칠 수 있다. 다른 행동 방식을 익힘으로써 수정해야 할 행동을 바꾸고, 하고 싶은 일을 소신껏 하며, 당신이 생각하는 대로 될 수 있다.

즉, 이제까지 당신이 받았던 교육, 말하자면 당신을 '생쥐'로 만들었던 훈련과 마찬가지로 또 하나의 교육을 통해 당신은 '호랑이'가 될 수도 있다.

과거에 프로이드, 아들러, 융, 호니, 설리번 등이 주장했던 전통적인 심리 요법은 현재 당신 모습은 어떻게 형성된 것인가 하는, 즉 당신의 과거를 더듬어 올라가는 방법에 치중했다. 어린 시절의 환상, 심리적인 갈등, 정신적인 손상을 치료하는 방법만이 중시되어 왔다.

그런데 새로운 치료법이 발견되었다. 그것은 무의식의 세계 또는 과거를 중시하지 않고 '현재의 당신'을 대상으로 한다.

당신의 대화법, 몸을 움직이는 방식, 다른 사람을 대하는 태도 등 겉으로 나타나는 당신의 행동 양식만을 본다. 즉, 이 새로운 견해는 지금 당신이 하고 있는 일 모든 것 자체가 당신의 능력과 자아 개념에 영향을 준다는 견해이다.

소유, 〈나를 지키는 방법〉이라는 이 방법은 현재의 태도를 바꿈으로써 당신의 능력 구조, 다른 사람에 대한 태도, 자기 자신에 대한 자신감, 그리고 당신에 대한 타인의 시각이 변화된다는 견해이다.

몇 년 전까지만 해도 이른바 〈의식의 적재〉 라는 의식 혁명 학습이 많이 실시되고 있었지만, 〈나를 지키는 방법〉 은 그보다 한 걸음 앞선 것이라 볼 수 있다.

당신 자신의 문제에 관해 단순히 이야기를 주고받는 것이 아니라 문제의 해결을 위해 어떻게 하면 좋을지를 구체적으로 제시해 준다.

처음에는 쉬운 일부터 시작한다.

예를 들어, 나를 지키는 데 걸맞게 행동하는 방법, 즉 상대방의 눈을 똑바로 쳐다보면서 말하는 법, 가슴을 펴고 자신 있게 똑바로 서는 법 등등, 또 자신 없는 태도로 우물거리지 않고 또렷이 큰 소리로 말하는 법, 이런 것부터 시작한다.

그리고 싫을 때는 No, 좋을 때는 Yes 하고 분명하게 말하는 법, 말을 시작하는 법, 대화를 진행시키는 법, 말을 끝맺는 법, 칭찬받는 법, 달갑지 않은 소리를 들었을 때 대응하는 법, 부탁하는 법 등으로 진행된다.

좀더 난이도가 높은 것으로는 직장에서 곤란한 문제가 생겼을 때 슬기롭게 처리하는 법, 목표를 달성하는 법, 좀더 활발한 사교 생활을 즐기는 법, 분노 또는 친근감을 표현하는 법 등도 포함된다.

어떤 간단한 행동이 바뀌면 다른 행동에도 영향을 미쳐서 연쇄적인 변화가 뒤따른다. 나의 경우는 아주 쉽게 시작되었다.

어느 날 저녁 남편에게,

"도저히 기분이 내키지 않아요."

라고 말했던 것이 계기가 되었다.

여자란 언제나 남편에게 맛있는 저녁 식사를 마련해 주는 것이 의무라고 믿고 있었던 나의 어머니로부터 나는 어렸을 때부터 그런 말을 귀가 따갑게 들으면서 자랐다.

그래서 아침 6시에 일어나서부터 하루 종일 긴장된 마음으로 힘겹게 일하면서 '아아, 누군가 내 침대로 저녁밥을 갖다준다면 얼마나 좋을까' 하는 생각이 들 정도로 녹초가 되어 돌아온 날에도 기를 쓰고 남편의 저녁 식사를 준비했었다. 오늘 저녁은 햄버거로 때우지 하는 생각은 해 본 적이 없었던 것이다.

그러던 어느 금요일 저녁, 그 날은 특히 회사일로 몸이 몹시 피곤했다.

귀가 후 나는 평소처럼 냉장고를 열고 그 안에 들어 있는 닭고기를 물끄러미 바라보았다. 요리를 하고 싶은 생각이 도무지 들지 않았다.

2층으로 올라가 목욕을 하고 에라 모르겠다 하는 심정으로 하이볼 한 잔을 마신 후 그대로 침대로 파고들었다. 그러고는 이내 잠 속으로 빠졌다.

얼마 후 남편 허브가 돌아와서 나를 바라보고는 근심스러운 얼굴로 물었다.

"당신 어디 아파?"

"아뇨, 하지만 도무지 저녁을 차리고 싶은 생각이 안 들어요. 냉장고 속에 닭고기가 있으니 당신이 요리를 좀 하든가, 음식점에 주문을 하든가, 그렇지 않으면 외식을 했으면 좋겠어요. 오늘밤은 아무것도 하기 싫군요."

이 말에 남편은 손뼉을 치며 말했다.

"당신이 마치 희생자 같은 표정을 짓는 것보다는 오히려 그게 훨씬 낫겠지."

그러고는 외식을 제의했다.

남편에게 이러이러한 일은 하기 싫다는 말을 한번 용기를 내어 하고 보니 여러 가지가 달라졌다. 시어머니가 여행을 하기 위해 개를 좀 맡아 달라고 부탁했을 때도 '싫어요' 하고 단호하

게 거절할 수 있었고, 사업상 계약을 할 때도 상대방이 어떻게
생각할까 하는 것을 미리 고심하지 않고 내 요구 조건을 떳떳
하게 말할 수 있게 되었다.

나를 자신 있게 지키는 방법

나를 지키는 방법이 오로지 공격적이어야 한다고 혼동하는 사람들이 의외로 많다.

당당하게 나를 내세우지 않고 침묵만 지킨다는 것은 자기 부정이 되며, 무조건 다른 사람의 생각을 일방적으로 따르게 되는 부자연스러운 행동이 되기 쉽다. 나를 내세운다는 것은 나의 것을 선택하고 나를 지키기 위한 방법을 말하는 것이며, 궁극적으로 인생을 즐겁게 살자는 데 의의가 있다.

그러므로 다른 사람의 권리를 침해하지 않는 범위 안에서 당신의 정당한 권리를 위해 이야기하라는 것이다.

공격적인 것은 상대방의 인간적인 가치를 무시하고 상대방의 자존심을 상하게 함으로써 자기 자신을 돋보이려 하는 것이다. 따라서 다른 사람의 권리를 침해함으로써 당신의 권리를 주장하려는 것을 말한다.

공격적인 행위의 목적은 다른 사람을 모욕하고, 다른 사람을 지배하며, 그 의사를 묵살하는 데 있다. 그런 행동은 당신의 감정을 정직하게 표출하는 것과는 근본적으로 다르다. 그 '사람 개인 자체를 공격하는 것이므로 그 사람의 행위에 대해 반응하는 것이 아니다.

대개 공격은 그 때까지 쌓이고 쌓였던 분노가 폭발한 결과로 일어나는 일이 많다. 그런데 이러한 분노를 억제하기보다는 그 때마다 정직하고 자연스럽게 표현하는 것이 바로 '나를 지킨다'는 것의 의미이다.

유명한 심리학자 앤드류 샐터에 의하면 '나를 지킨다'는 것은 이런 것이다.

"말하자면 나를 지킨다는 것은 양쪽으로 오고 갈 수 있는 도로와 같은 것이다. 이에 반해 공격은 다른 사람의 입장은 완전히 무시한 채 일방 통행만 하는 도로인 셈이다."

이제까지 여성은 복종만을 강요받아 왔기 때문에 일단 말을 똑 부러지게 하는 것 자체가 혼란에 빠지기 쉽다.

침묵의 반대는 공격이다. 그러니까 침묵을 지키지 않으면 여자답지 못한 것이라고 잘못 생각하기 쉽다. 나를 지키기 위해서는 우선 이와 같이 잘못된 생각들을 버리는 것이 중요하다.

이제 알기 쉬운 예를 들어서, 나를 지키지 않는 태도, 공격적인 태도, 그리고 나를 지키는 태도—이 세 가지의 차이를 생각해 보기로 하자.

① 어느 날, 스키장에서 어떤 남자를 만났다. 그 남자는 당신을 집까지 자기 차로 태워다 주겠다고

했다. 그리고 오는 도중에 두 사람은 같이 식사를 하게 되었다.

식사가 끝나고 계산서를 가져왔는데, 그 남자는 가지고 있는 돈이 부족한데다 크레디트 카드도 가지고 오지 않은 것을 뒤늦게 알았다. 당신은 그 남자에게 25달러를 빌려주었다.

그 후 한 달이 지났으나 그 남자는 일언반구 말이 없었다. 당신은 그 남자에게서 돈을 받고 싶은데 이렇게 하겠는가?

② 당신이 슈퍼마켓의 카운터 앞에 줄을 서 있다. 산 물건을 산더미처럼 가슴에 품고 차례를 기다리고 있었다. 그 때 한 가지 물건을 사고 급히 가야 할 사람이 있어서 당신은 친절하게도 그녀를 앞자리에 끼워 주었다.

그러자 또 한 여자가 그것을 보고는 말했다.

"나도 당신 앞에 끼워주시겠어요?"

이 때 당신은 어떻게 하겠는가?

③ 수다쟁이 친구가 있다. 저녁 식사를 준비하느라고 한창 바쁜 오후 6시쯤에 이 친구가 전화를 걸어왔다.

끊임없이 말을 해대기 때문에 전화 통화가 언제 끝날지 모를 상황이다.

④ 남편과 함께 파티에 참석했다.

참석자들은 대개 당신의 친구였다. 그래서 친구들하고 이야기를 하다 보니 남편은 혼자 외톨이가 되었다. 그는 별로 기분이 좋지 않은 표정이다.

이튿날, 화가 난 남편은 당신을 인정머리 없는 여자라고 윽박질렀다. 당신은 미안한 생각도 들었지만 한편으로는 남편의 태도에 화가 났다.

위와 같은 4가지 경우를 당했다면 당신의 경우 어떻게 하겠는가? 답은 다음과 같다.

① 의 경우

자기를 지키지 않는 사람 : 잠자코 전화를 기다린다. 언젠가는 25달러가 든 봉투가 우편으로 도착하리라 믿는다.

— 공격적인 사람 : 그에게 전화를 걸어서 이렇게 말한다.

"여보세요, 당신은 도대체 어떻게 생겨먹은 사람이에요? 남의 돈을 빌려가서 갚기는커녕 연락조차 않고 있으니 처음부터 갚을 생각이 없었던 거 아네요?"

— 자기를 지키는 사람 : 전화를 걸어서 이렇게 말한다.

"지난번 빌려가신 돈 때문에 전화했어요. 빌려드린 25달러를 기억하고 계시죠? 보내주시면 좋겠는데요."

그가 만약 지금 돈이 없다고 말한다면,

"그럼, 어떤 방법으로 갚아주시겠습니까? 급하게 저도 돈이 필요한데요."

라고 계속해서 묻는다.

② 의 경우

— 자기를 지키지 않는 사람 : 어쩔 수 없이 이 여자도 끼워준다. 그러나 마음 속으로는 자기가 못

난 것이 화가 나서 집에 돌아와 가족들에게 화풀이를 한다.

— 공격적인 사람 ; "장난치지 말아요" 하고 화를 낸다.

— 자기를 지키는 사람 ; "미안합니다만 제가 먼저 왔으니 양해하세요" 하고 자기의 계산을 먼저 끝낸다.

③의 경우

— 자기를 지키지 않는 사람 ; 수다를 떠는 것이 지겹기는 하지만 꾹 참고 들어준다.

공격적인 사람 ; "애, 확실히 말해 두지만 넌 말이 너무 많아. 네가 몰라서 그렇지 모두들 네 수다를 지겨워하고 있단 말야. 난 이제 못 참아. 그만 끊자, 애."

— 자기를 지키는 사람 ; "애, 네 얘길 조금 더 듣고 싶지만 지금은 바쁘단다. 이따 저녁 먹고 나서 내가 전화할게."

④ 의 경우

— 자기를 지키지 않는 사람 ; 자기가 잘못했다는 생각에 사로잡혀 저녁 식사는 그가 좋아하는 음식을 장만한다. 예를 들면 재료를 50여 가지나 사용하여 다섯 시간이나 걸려서 스튜를 만든다. 그렇지만 마음은 비참하다.

— 공격적인 사람 ; 남편과 맞서서 화를 낸다. 상대방의 결점을 늘어놓는다.

"당신도 5년 전 어떤 파티에서 옛날 여자 친구와 히히덕거리고 있었잖아요? 거기에 비하면 내가 한 건 아무것도 아니에요."

이런 식으로 크게 싸우고 며칠 동안 말도 하지 않는다.

— 자기를 지키는 사람 : "어쩔 수 없었어요. 이제부터는 그러지 않을게요. 하지만 당신의 이런 태도도 좋지 않아요. 그렇게 소란피우지 않았어도 되는 건데. 당신이 말하는 건 이해하지만 말하는 방법은 좀 심하다고 생각해요."

단호하고 솔직하게 자기의 기분을 이야기하면 다른 사람과의 사이에 감정적인 마찰이 생기게 될까 두려워 자기 주장을 못하고 마는 많은 여성들이 있다.

그저 입 다물고 있거나, 가련한 이 몸은 없는 것으로 하라는 듯한 태도를 취하는 여성들이다.

또는 이와 반대로 공격적으로 돌변해서 야유를 퍼부으며 거칠고 적대적인 태도를 취하는 여성도 있다. 비록 공격적인 마음가짐을 상냥한 태도로 포장하더라도 벨벳처럼 부드러운 장갑 안쪽에는 강철로 된 주먹을 감추고 있는 격이다.

그저 자기를 억제하거나 공격적으로만 나온다면 다른 사람의 호감을 살 수 없다. 〈나를 지키는 방법〉을 정확히 익혀둘 때만이 매력적인 여자가 될 수 있다.

당신 자신을 변화시키는 방법

〈나를 지키는 방법〉을 사용하면 반드시 그 효과를 본다. 그 효과를 보기 위해서는 당신의 행동이나 태도를 결정하는 것이 바로 당신 자신이라는 점을 확실하게 인식해야 할 필요가 있다. 그러면 다른 사람이 당신을 대하는 태도에 변화가 생길 가능성이 크다.

그렇지만 진정한 목적은 당신 자신을 변화시키는 것이다. 나를 지키는 데 있어서 중요한 것은 남자들이 자신의 성장 과정을 통해 숙달된 여러 가지 문제 해결에 대한 방법을 진지하게 받아들이는 것이다.

그 결과 당신에게는 어떤 변화가 일어나게 될까?

페인 휘트니 의학연구소(뉴욕 병원)에서 내가 관여했던 〈나를 지키는 모임〉에서 생긴 세 가지 사례를 소개하기로 한다.

① 에이미 라이트는 비서실장이다.

"내 머릿속에는 항상 좋은 사람이 되고 싶다는 욕망이 가득 차 있어요. 말하자면 다른 사람에게 좋은 느낌을 주어서 남자들의 눈길을 끄는 여성이 되고 싶어요."

그런 생각으로 그녀는 사소한 잔심부름은 언제나 자기가 도맡고 나섰다.

〈나를 지키는 모임〉에서 그녀는 동료들에게 이렇게 말했다.

"내 약혼자는 학생인데 의학계통의 실험을 하는 사람이에요. 그는 항상 제 도움을 받고 있지요. 그런데 지금까지 한 번도 고맙다는 말을 하지 않아요."

그래서 모임에서는 에이미와 약혼자 사이의 관계를 원만히 하기 위해서는 어떻게 하는 것이 좋을지 연구해 보기로 했다.

그 다음 주에 만난 그녀는 자랑스럽게 그 성과를 보고했다. 그녀와 약혼자 사이에 주고받은 대화는 이러했다.

에이미 ; ……나는 당신이 나를 어떻게 생각하는지 알고 있어요. 그렇지만 내가 당신이 원하는 일을 아무리 해드려도 당신은 고맙다는 말 한마디 없었어요. 이번 일만 해도 일곱 시간이나 걸렸어요. 당신에게서 고맙다는 말 한마디 듣는다면 난 무척 기쁠 거예요.

약혼자 ; 그렇지만 내가 에이미에게 고맙게 생각하고 있다는 건 알고 있잖아.

에이미 ; 난 다른 사람의 마음을 읽는 재주가 없어요. 당신에게서 고맙다는 말 한마디 듣지 못하는 것이 서운해요.

그리고 나서 에이미는 이렇게 말했다.

"내 속마음을 분명하게 얘기했더니 그는 그제야
비로소 내가 무엇을 원하는지 알게 된 모양이에요.

그는 전에 비해 훨씬 솔직한 표현을 했고, 우리 사이도 더욱 원만하게 되었답니다."

② 베티는 28세의 모델처럼 아름다운 여자. 아버지는 회사원이고 어머니는 주부다.

"난 소극적인 성격이라 내가 자진하여 무슨 일이든 추구해 본 적이 없었습니다. 그런 능력이 내게는 없다고 생각했었죠. 장차 어떤 사람이 되어야 한다거나 미래에 대한 야망을 가져야 한다는 가르침을 들어보지도 못했어요. 오빠는 전문직을 택하도록 교육을 받았지만, 난 간호사라도 되면 다행이라고 부모님은 말씀하셨지요."

대학을 나온 베티는 물리치료사가 되기로 마음먹었다. 그러나 〈나를 지키는 방법〉을 공부하는 동안 그녀는 일생 동안 일하게 될 직업이라는 것에 대해 진지하게 생각하기 시작했다. 임상심리학을 전공하여 박사 학위를 받을까 하는 생각도 했으나 경제적인 여유가 없었으므로 사회복지학의 석사 과정에 입학하기로 했다.

그렇지만 생활비는 어떻게 할지 걱정되었다. 베티에게는 얼마간의 돈이 있었지만 매달 들어가는 학비, 의식주 비용, 기타 필요한 돈을 충당하기에는 턱없이 부족했다.

그녀의 친척 가운데 미혼인 두 아주머니가 있었다. 그녀들은 결혼만 하면 모든 일이 저절로 해결되는 줄 아는 사람들이었다. 그래서 베티에게는 항상 이런 식으로 말한다.

"왜 넌 결혼할 생각을 않니?"

"결혼 상대자도 아직 못 찾은 거니?"

베티는 여러 가지 조건을 극복하고 자신은 이제 사회복지학을 공부하려 한다고 말했더니, 더욱더 듣기 거북한 이야기만 늘어놓는 것이었다.

"아예 세상과 단절할 생각이니? 그런 학교에 가서 여자밖에 더 사귀겠니? 네 나이엔 학교에 다닐 생각 같은 것보다 사회에 나갈 생각을 해야 하는 거야."

그 아주머니들은 베티의 돈을 관리해 주고 있었는데 베티는 그 돈을 대학원 진학에 쓰고 싶었다. 그래서 어느 날 용기를 내어 자기 생각을 털어놓기로 결심하고 그분들 집으로 갔다. 베티는 말했다.

"저도 언젠가는 좋은 남자를 만나 결혼하고 싶어요. 그렇지만 지금은 학교에 돌아가고 싶은 생각뿐인걸요. 조금 더 공부하면 인생의 한 단계를 더 올라가는 거잖아요."

그런데 더 이상 말할 필요가 없었다. 아주머니들은 이해하셨는지 베티의 돈을 내주었다.

"그래도 설득이 안 되면 덧붙여 얘기할 대사까지 만들어 갔거든요. '결혼하면 돈이 필요 없어요. 하지만 돈은 지금 필요해요' 라고요."

③ 나 자신의 경험을 예로 든다.

테스와 나는 소녀 시절부터 묘한 감정이 뒤섞인 이상한 교우 관계를 유지하고 있었다.

테스는 언제나 나를 조롱하기 일쑤였고, 거의 나는

참았다. 그뿐 아니라 그애의 환심을 사려고 애를 쓰기도 했다.

나는 그녀를 파티에 데리고 다니기도 했고, 이력서를 써주기도 했으며, 취업을 하는 데 도움이 될 만한 사람을 소개해 주기도 했다.

한번은 내가 이런 질문을 한 적이 있다.

"너도 한 번쯤 나를 위해서 무슨 일을 해 주지 않을래?"

그러자 그애는 이렇게 말해 왔다.

"이렇게 하고 있잖니? 네가 하는 말을 지금 듣고 있잖아."

그렇지만 나는 그 후에도 환심을 사려고 그애의 놀림을 참았다. 예를 들면 이런 일도 있었다.

나의 첫번째 저서를 내고 출판 기념회가 열렸을 때다. 나는 주최측에 부탁해서 테스도 초대하게 했다.

파티가 열리던 날 식장에 도착하니 사람들은 박수 갈채로 나를 마중했다. 분위기가 한참 무르익어 갈 무렵, 테스가 내 곁으로 오더니 큰 소리로 말했다.

"네 책 속에는 내가 제공한 자료가 많이 들어 있더라. 얘, 그 대목은 내가 좀더 근사하게 고쳐볼게."

나는 아연실색해 입이 벌어졌다. 파티는 완전히 망치고 말았다. 또 이런 일도 있었다.

무척이나 바쁜 하루가 시작되는 어느 금요일 아침에 테스로부터 전화가 걸려왔다.

"얘, 마음이 너무 울적해 죽겠어."

그녀는 힘없이 말했다. 나 자신도 무척 지쳐 있었지만 그녀를 위로해 주려고 저녁 식사에 초대하고 값비싼 새우 요리도 준비해 뒀다. 그런데 그날 밤 그녀는 나타나지 않았다.

이틀 후에야 전화가 왔기에 "무슨 일이 있었니?" 하고 물었더니 그녀의 대답은 너무나 간단했다.

"아, 깜빡 잊어버렸어!"

이런 놀림을 받으면서도, 나는 이 사람과 사귀어 내가 무슨 득을 볼 것인가 하고 생각해 본 적이 없다.

오히려 나에게 무슨 결함이 있을 거라고 생각하며 어떻게 해서든 그녀의 태도를 바꾸어 보리라는 생각만 하고 있었다. 누구한테나 사랑받는 사람이 되고 싶다는 생각에 사로잡혀 있었던 때이다.

오래지 않아 나는 결혼을 하고 〈나를 지키는 교육〉을 받기 시작했다. 그러던 어느 날 그녀는 나에게 이런 이야기를 했다.

"너 하잘것없는 여성 잡지 같은 데다 볼 것 없는 이야기를 잘도 쓰더구나."

〈나를 지키는 교육〉 덕택에 나는 냉정하게 되쏘아 줄 수 있었다.

"그렇게 말해 기분이 나쁘구나. 전부터 넌 나에게 심술을 부려 왔는데 사실 나도 기분이 좋지 않았어. 나하고 친구 관계를 갖고 싶다면 이제부터는 그런 태도를 버려 주었으면 좋겠어."

웬일인지 그녀는 잠자코 듣고만 있었다. 그 후 나는 나의 바뀌어진 태도에 그녀에게도 어떤 변화가 일어나리라고 기대했다.

얼마 후 그녀는 약혼을 했다.

그녀는 약혼 파티 때 다른 약속 말고 꼭 와달라는 전화를 했다.

"초대장을 보낼게."

그녀는 말했다.

나의 남편은 "당신을 그렇게도 놀렸던 여잔데……" 하면서 걱정했다. 그도 마음이 내키지 않는 모양이었다. 그러나 나는 그녀의 약혼자가 어떤 사람일까 궁금했다.

남편 허브는 내 기분을 상하지 않게 하기 위해서 직업상의 약속을 취소하면서까지 그 날 파티에 함께 참석하기로 약속했다.

그러나 기다리던 초대장은 오지 않았고, 파티 날은 언제인지 모른체 지나갔다. 나는 다른 친구들한테서 파티가 열렸다는 이야기를 비로소 전해 들었다.

이 때 나는 나를 지키는 행동을 과감하게 취했다. 테스에게 전화를 걸어 저녁 식사를 같이하자고 제안했다. 함께 음식을 먹으면서 나는 물었다.

"얘, 도대체 어떻게 된 거니?"

"어머, 너한테 초대장을 보내지 않았었니? 세상에, 깜빡 잊었나 봐."

그녀는 전혀 변하지 않았다는 것을 나는 다시금 깨달았다.

우리 사이의 미지근한 우정을 끊을 것인가, 아니면 표면상으로만 친구 사이를 유지할 것인가……. 나는 과감하게 그녀와 절교하기로 했다.

30년 동안 유지해 온 사이를 단절해 내는 것으로써 비로소 나는 언제나 나의 마음을 무겁게 누르고 있던 압박감을 떨쳐버릴 수 있었다.

나는 테스 외에도 마음은 내키지 않았지만 타성적으로 관계를 유지해 오던 몇 사람과의 교제도 끊어 버렸다. 나를 지키는 공부를 하지 않았더라면 불가능한 일이었으리라.

먼저 자신의 약점을 알자

"나는 다른 사람에게 이용당하고 있어."

"다른 사람의 놀리는 데도 한마디 대꾸조차 못 했는걸."

"매일같이 난 남편에게 '오늘은 어땠어요?' 하고 묻는 데도 남편은 나에 관해 일체 묻는 경우가 없어."

"같은 여자인 경우는 화를 낼 수 있겠는데, 남자한테는 그러지 못하겠어."

"지금의 내 생활은 엉망이야."

독자들 가운데 이런 생각을 하게 되는 경험이 없는지 물어보고 싶다.

만약 자기를 주장하는 힘이 약하다고 고민해 온 사람이라면 이 질문에 대해 아마 생각나는 것이 있을 것이다.

원망감과 타성에 젖어 있거나, 방어적인 태도에 익숙하거나, 자기의 행동이나 생활을 뜻대로 하지 못하는 무력감을 느껴본 사람은 너무나 많을 것이다.

자기 뜻대로 주장을 하지 못하는 이유를 보면, 첫째 나를 지켜야 할 상황을 피해서 자라왔기 때문이다.

어느 전문가는 이렇게 말한다.

"이런 사람들은 대개 어려서부터 자기 생각을 곧이곧대로 입 밖에 내서는 안 된다는 말을 어머니에게서 들어왔기 때문입니다."

그리고 둘째로 여성은 자기 주장의 방법을 전혀 배울 기회가 없었다는 것이다.

따라서 두려움이나 변명 또는 자기를 내세우지 못하는 습관이 몸에 배게 된다. 윗사람이나 친구, 가족들의 요구 또는 명령이나 변덕을 받아들이는 데만 시간을 허비하느라고 다음과 같은 생각을 하지 못하고 살아온 것이다.

'나는 어째서 말을 정확하게 하지 못할까?'

'도대체 내가 진정으로 하고 싶은 일은 무엇인가? 무슨 말을 하고 싶은가?'

'남에게 해를 입히지 않고도 나를 만족시키려면 무엇을 어떻게 해야 하는가?'

나를 중요하게 여기는 여성이 되자

① 눈치를 보는 여성

자기 자신에 대해 확고하게 표현하는 학습이 되어 있지 않기 때문에 자기의 의견이나 요구 사항 등을 말하지 못하며, 오히려 상대방의 지나친 요구에 대해서도 전혀 거절하지 못한다.

그 결과 다른 사람에게 적당히 이용당한 채 고맙다는 말조차 한마디 듣지 못하게 된다.

내가 누구인지, 내가 하고 싶은 것은 무엇인가를 모르기 때문에 빅토리아 왕조 시대의 소설에나 나오는 〈가엾은 친척〉처럼 평생 동안 남에게 복종적인 삶을 살아가게 된다.

② 결과를 두려워하는 여성

무엇을 친구에게 요구할 때, 직장에서 승진을 요구할 때, 자기를 내세울 때, 그 결과에 대해 지나치게 두려워한다.

'이러저러한 말을 하고 싶지만 용기가 나지 않아. 만일 그렇게 말했다가 실패라도 한다면 지금보다 더 나쁜 결과가 올지

모르잖아…….'

이런 식으로 마음 속으로 조바심만 낼 뿐이다. 물론 모험을 하기 위해서는 우려감이 따르며 결과적으로 자칫 상황이 더 난처하게 될 수도 있다.

그러나 시작도 전에 결과에 대한 근심 걱정에 집착하기 때문에 무엇보다도 그 상황과 자기 주장으로부터 아예 피해 버린다.

③ 표면적인 교제의 여성

얼핏 보면 쾌활하고 인정이 많으며 외향적인 사람처럼 보이지만 실제로는 정직하지 못한 면이 많은 경우.

예를 들면 이런 식이다.

"전화 고맙습니다. 마침 당신을 생각하고 있던 중이었거든요."(예의상 한 말이다. 실제로는 몇 달 동안이나 생각조차 해 본 적이 없다.)

"그 옷이 참 잘 어울리네요."(마음 속으로는 '그 옷을 입으니 열 살은 더 들어 보이는데' 하고 생각한다.)

정치적으로는 이와 같이 거짓된 자기 주장이 효과를 보게 될 수도 있지만 개인 생활에서는 도리어 다른 사람과의 사이에 거리감만 만들고 자칫 오해를 낳게 될 수도 있다. 이런 유형의 여성들은 표면적인 교제밖에 하지 못한다.

④ 누구한테나 칭찬받으려 하는 여성

남편 · 애인 · 자식 · 윗사람 · 친구 · 시동생 · 잡지 외판원 등 누구한테나 멋진 여자라는 말을 듣는 데 인생의 목적을 두고 있는 여성. 이런 여성은 그래서 무슨 부탁이든지 'Yes'다.

남을 위해서 너무나 많은 시간을 소비하고, 정작 자기 자신의 일은 아무것도 하지 못하는 경우.

'난 정말 이런 일을 하고 싶은가?' 하는 생각조차 해 본 일이 없다. 그대신 이런 일을 하면 저 사람의 마음에 들 수 있을까 하는 생각만 한다.

그녀가 추구하는 것은 칭찬받는 일밖에 없다. 나 자신을 스스로 소중하게 여긴다는 중요한 인생의 목표를 완전히 망각해 버린 여자다.

⑤ 카멜레온 같은 여성

직장에서는 호랑이지만, 개인적인 인간 관계에서는 생쥐 같은 여성.

어떤 여자는 이렇게 말한다.

"난 비즈니스적으로는 재능이 있다고 인정해요. 어떻게 해야 할지를 알고 있으니까 그대로 실천합니다. 그런데 주위 사람과 사귈 때에는 내 생각을 자신 있게 말하지 못합니다. 만약 내 생각을 그대로 말했다가는 그 사람이 기분 나빠할까 봐 걱정이 됩니다."

윗사람한테는 화를 낼 줄 알아도 동료들한테는 그러지 못하는 경우. 또는 그 반대. 이와 같이 분열된 유형에도 여러 가지가 있다.

직장이나 남편과의 사이에서는 심각한 문제가 없지만, 가정부를 해고하지 못한다거나, 자녀들에게 분명한 말을 하지 못한다거나 하는 경우와 이것은 여성의 제2의 성격이라고 해도 지나치지 않을 정도로 보편화된 성격인데, 자기를 주체로 생각지 않고 객체로 생각한다. 남자를 위해서라든가, 또는 남자와 더불어 무슨 일을 하는 것이 인생의 목적이라고 생각한다.

"누구에게든 거슬려서는 안 된다. 그건 남자들이 할 일이야."

이렇게 말하는 어머니의 설교가 머릿속에 박혀 있는 것일까.

⑥ 머나먼 자존심

강철로 된 손을 감추고 겉으로 벨벳으로 된 장갑으로 위장한 채 여성적인 계략으로 남자를 손아귀에 넣으려 한다. 자기의 생각을 솔직하게 털어놓지 못하고 주로 계략적인 화법을 쓴다.

"여보, 휴가 때 메인 주(州)에 가고 싶다는 당신 생각은 아주 멋져요." (남편은 그런 말을 한 기억조차 없다.)

또는 백화점에서 놀라운 액수의 청구서가 날아오게 되었을 때, 미리 잠자리에서 남편에게 온갖 애교를 베푸는 경우. 이런 종류의 행동은 계략이나 음모에 가까우며, 진실로 자기를 지키는 방법이라 할 수 없다.

이런 방법으로 진실한 인간 관계를 유지할 수 없다는 건 명백한 사실이다. 이런 여자들은 대개 자존심이 없는 유형이다.

〈자기를 지키기 위한 방법〉을 노력하기 전까지는 나도 이런 유의 계략은 남녀간에 흔히 있을 수 있는 일종의 사랑 게임이라고 생각하고 있었다.

그러나 심리학자인 앤드류 셸터는 이렇게 말하고

있다.

"언제나 간접적인 생활 태도를 취하는 여성이 있는데, 그것은 공포심 때문이다. 물론 권력으로 장악하고 있는 사람에게 접근할 때는 때로 간접적인 방법이 필요하기도 하지만, 어떤 경우에나 간접법밖에 쓸 줄 모른다면 그것은 자기를 내팽개친 생활 태도라 할 수 있다."

⑦ 내 생각이 무조건 최고라는 여성

자기를 지키는 태도보다는 공격적인 행동을 즐겨 하는 유형이다. 큰소리로 자기 생각만 일방적으로 내세우며 떠들고 화도 잘 낸다. 인간 관계에서는 언제나 문제를 달고 다닌다. 주장하는 내용이 옳은지는 몰라도 다른 사람과의 대립이 심하고, 거칠고 적의에 가득 차 있는 태도 때문에 다른 사람들은 등을 돌리게 마련이다.

이런 여성들은 자기의 진짜 목적을 보지 못하고 투쟁으로만 치닫는다.

그 결과 자기의 입장이 옳은데도 사람들이 왜 자기를 싫어하는지를 몰라 고민하는 유형이다.

내 인생은 나의 것

　제인은, 자녀들이 모두 자라서 10대가 되었으므로 대학원에
복학하여 경영학 석사 학위를 따고, 앞으로 직장에 복귀하리라
는 계획을 세웠었다.

　그런데 야간 대학원의 안내서를 볼 때마다 '이 날은 남편 직
장일 때문에 집을 비우면 안 되겠어', 또 '이 날은 아이들 때문
에…….' 이런저런 걱정 때문에 결국은 적당한 대학원을 찾지
못했다.

　그녀는 서글픈 목소리로 말했다.

　"이 집에선 도무지 내게 어떤 권리도 없는 것 같아."

　많은 여성들이 이처럼 자기에게 어떤 권리도 없다고 생각하는
경우가 태반이다. 혹은 권리가 있다고 느끼더라도 추상적인 권
리밖에 없으며(행복해질 권리처럼), 사실상 아무런 기능도 할 수
없는 것을 생각한다.

　혹은, 권리가 있기는 하지만 주위에 미칠 영향력을 고려해서
그것을 사용하기를 두려워하는 면도 강하다.

또 때로는 자기의 생각을 행동으로 옮기기 위해서는 남성의 허락을 받아야만 한다고 생각하는 여성도 상당히 많다.

자기의 권리를 찾고 그것을 중요시하는 것——이것이야말로 자기를 지키는 태도의 첫걸음이다.

라트거스 대학의 심리학과 아널드 A. 라잘러스 교수는 이렇게 말한다.

"해도 되는 일과 해서는 안 될 일의 범위를 자기 마음대로 정해서 스스로 자기 규제를 하고 감정의 울타리 안에 갇혀있는 사람이 있어요. 거기에서 빠져나오기 위해서는 우선 자기가 가지고 있는 권리가 무엇인지 발견하고, 그것을 사용하기 위해서 어떤 행동을 취하지 않으면 안 됩니다."

토머스 패인과 에드먼드 버크의 저술 《남성의 권리》라는 책에서는 이에 대해 일곱 가지 유형으로 분류하여 재미있는 설명을 덧붙이고 있다.

a. 권리를 중요시할 권리 ; 이것이 중심 관점이다.

b. 체면과 자존심을 가질 권리 ; 다른 사람이 자기를 대할 때 자기의 체면을 존중하도록 요구하고, 자기 자신도 그런 마음가짐으로 자기 자신을 볼 권리가 있다.

c. 자기 일을 생각할 권리 ; 다른 사람의 일을 무시하라는 이야기가 아니라, 자기 일을 언제나 양보하지만 말고, 균형 있게 생각해야 한다.

d. 자신에게 충실하게 할 권리 ; 능력을 갖춘 인간이 될 권리 ; 능력이 있는 여자를 보통 남자들이 싫어할 것이라는 편견을 가진 여자가 있다. 하지만 여성들이여, 자기 자신을 더욱 훌륭한 인간으로 발전시킬

권리가 있다.

e. 도전할 권리 ; 실패를 두려워 말고 과감하게 행동에 옮기고, 실패했을 때에는 거기에서 새로운 교훈을 얻어서 다시 성장해 나아갈 권리가 있다.

f. 자기 자신의 생활 방식을 스스로 결정할 권리 ; 당신에게 어디서 누구하고 살아야 한다고 명령할 권리를 가진 사람은 아무도 없다. 바로 당신 자신이 결정할 문제이기 때문이다. 그러므로 당신이 원해서 가정 주부가 되었다면 "난 평범한 주부에 불과하지만……" 하는 식의 말을 해선 안 된다. 다른 사람의 가치관이나 기준에 질질 끌려 살 필요가 없다는 뜻이다.

나에게 무엇이 중요한지를 생각해서 나 자신의 생활 방식을 결정하는 것이 가장 중요하다.

g. 자신의 행동, 가치관, 생활 방식을 바꿀 권리

이제는 좀더 구체적인 관점에서 살펴보기로 한다.

◇ 예의에 벗어난 태도를 묵과하지 않을 권리(b)

어느 토요일 오후, 나는 스카프를 사기 위해 백화점에 갔다. 판매원은 나를 무시하고 나보다 나중에 온 손님을 상대하기 시작했다.

그래서 나는 화가 치밀어오르는 것을 애써 참으며 판매원에게 조용히 물었다.

"모직으로 된 좀더 긴 머플러가 없을까요?"

그랬더니 그 판매원은 이렇게 대답했다.

"카운터 저쪽 끝에 있는데요!"

그녀의 불쾌한 태도에 나는 화가 더욱 치밀었다. 그러나 다시 조용한 말씨로 말했다.

"그걸 찾아주는 것이 바로 당신의 일 아닌가요? 그리고 내가 먼저 와서 기다리고 있는데 차례대로 손님을 상대해 주는 게 예의가 아니겠어요? 만일 그렇게 하지 않는다면 당신 윗분에게 말하겠어요."

그녀의 태도가 갑자기 돌변하더니 그녀는 스카프를 매는 법까지 가르쳐 주는 것이었다.

◇ 내가 벌지 않은 돈을 쓸 권리(c)

어떤 주부는 잔뜩 기가 죽은 목소리로 말한다.

"내가 번 돈이 아니니까 물건을 살 땐 허락을 받아야 해요."

바늘이나 실처럼 사소한 것은 별도로 하더라도 일일이 남편의 허락을 받고 물건을 사는 여자가 있다.

그러나 집안일을 하는 데 필요한 시간과 노력을 생각한다면 자기가 임의로 사용할 수 있는 돈이 어느 정도인지 헤아려 보는 것이 현명하다.

◇ 성공할 권리(d)

직업상 성공을 하고, 수입이 더 좋은 직장을 찾는 일, 남편보다 돈을 더 잘 버는 일을 해도 상관없다.

◇ 마음에 드는 남자를 고를 권리(f)

◇ 집안일을 분담시킬 권리(c)

유명한 어떤 여류 정신과 의사는 말한다.

"집안 경제의 절반을 부담하고 있는 데도 여자들은 흔히 집안 일은 모조리 내가 도맡아야 한다는 생각을 하죠. 야릇한 죄책 감에 사로잡힌 나머지 '이건 너무하다. 왜 내 맘대로 돈을 쓰지 못할까?' 하는 생각은 꿈에도 못 한답니다."

◇ 혼자서 행동할 권리(b)

아이들에게 얽매이지 않고 혼자서 목욕도 하고 전화도 걸고 편지도 읽을 권리.

◇ 요구할 권리(b, d)

윗사람에게 : 벌써 10년 이상 근무했는데도 승진이 안 되는 이유는 뭐죠?

의사에게 : 큰 병원에 가서 진단을 받아보라니 어디가 병이 난 겁니까? 솔직하게 가르쳐 주세요. 그리고 비용은 얼마나 들 까요?

남편에게 : 당신 수입은 모두 얼마예요?

이런 식으로 분명하게 물을 권리.

◇ 지나치다고 생각되는 것은 딱 잘라 거절할 권리(b)

◇ 자기보다 나이 적은 남자와도 사귈 수 있는 권리(f)

"마음에 맞는 남자를 만나 결혼하게 됐어요."

이렇게 행복한 여성의 결혼 상대가 그녀보다 아홉 살이나 어리다는 걸 알고서 그들의 결혼을 축복해 주는 친구는 아무도 없었다.

"로맨틱하다고 생각될 수도 있지만, 그 남자는 어머니 같은 여자를 좋아하는 타입일 거야."

"그 친구 공처가 타입인가봐."

이런 말들을 쑥덕거렸다.

그렇지만 여자가 아홉 살 많은 남자하고 결혼할 경우에는 전혀 아무런 반응도 없다. 전통적으로 남자가 여자보다 나이가 많아야 한다는 문화적인 틀을 벗어나지 못하고 있는 것이다.

이와 같은 권리를 행사할 것인가 아닌가는 당신의 감정과 추구하고자 하는 마음, 권리를 행사한 결과 등을 고려해서 당신 스스로 결정할 문제다.

많은 여성들이 자기가 하고 싶은 일을 하지 못하는 책임을 다른 사람에게 돌려 버리면서 자기 억제를 하고 있다. 당신도 그런 사람 가운데 하나입니까?

이제 나 자신의 경험을 소개하려 한다.

나는 이 책을 쓰기 위해 거의 매일 9시간 동안이나 방 안에 틀어박혀 컴퓨터를 마주하고 있던 때였다.

저녁 5시 반, 해외 프레스 클럽에서 열리는, 유명한 신문 기자 봅 콘시다인을 위한 파티에 참석하지 않았다. 하자만 내가 아버지처럼 존경하고 따르던 이 백발의 노기자와 옛정을 느껴보고 싶은 마음이 간절했다. 7시 반 경이 되자 도무지 마음이 안정되지 않았다. 남편 허브에게 전화하여,

"밖에서 식사를 해결하고 들어오시겠어요? 생선요리는 내일 해드릴게요."

라고 얘기하고 싶은 마음이 굴뚝 같았다.

그렇지만 그럴 수가 없었다. 나는 나 자신에게 타일렀다.

'너 혼자만 즐겁게 보내자고 아내도 없고 저녁밥도 없는 집구석에 남편 혼자 쓸쓸히 내버려둘 권리가 있는가?'

나는 서둘러 생선 요리를 시작했다. 설익은 생선을 먹으면서 나는 남편에게 이 이야기를 했다. 그랬더니 남편은,

"당신 생각이 잘못이야."

남편은 말을 이었다.

"나도 가끔은 혼자 있고 싶은 때가 있는 거야. 레스토랑 '하비'에서 느긋하게 생선 요리를 즐기고 싶기도 하지. 그런데 당신은 웨이터의 접시 부딪치는 소리가 싫다고 해서 거긴 안 가려고 하잖아?"

나는 반박했다.

"그렇지만 당신은 '하비'에 가지 않고 당신 손으로 저녁 식사를 준비하게 될지도 모르잖아요? 그렇게 되면 난 나쁜 여자가 될 텐데……."

남편은 설명했다.

"물론 내 손으로 저녁밥을 지을 수도 있고, 나가서 먹을 수도 있지. 그러나 그건 내가 결정할 문제야. 당신도 하루 종일 일했

으니 이따금 즐길 권리가 있어요. 당신이 하고 싶은 일을 나 때문에 못 한다면 결국 나한테 책임을 전가하는 것이고, 그런 태도는 좋지 않아요."

이렇듯 자기의 권리를 무시한다는 것은 자기 자신을 업신여기는 것과 마찬가지다. 나의 권리를 위해서 어떤 일을 시작하는 것, 이것은 자기를 지킬 줄 아는 여자가 되기 위한 첫걸음이다.

에머슨은 이런 말을 말했다.

"만약 당신이 이것만은 절대로 양보하지 않겠다는 강경한 태도를 취할 때 아무도 그것을 빼앗지는 못할 것이다."

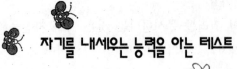

자기를 내세우는 능력을 아는 테스트

나를 지키는 방법을 터득하기 위해서는 먼저 당신의 약점부터 찾아보는 것이 중요하다. 다음의 두 가지 방법을 사용하여 알아볼 수 있다.

당신은 어느 정도로 자신을 지킬 수 있는가?

① 노트를 한 권 준비해서 한 페이지마다 가로를 세 칸으로 나눈다. 맨 위칸에는 '불안도', 가운데 칸에는 '상황', 다음 칸에는 '반응하는 확률'이라고 쓴다.

② 그리고 뒤의 페이지에 나오는 여러 가지 문제를 그대로 베껴쓴다. 이 문제들 가운데 내가 만든 몇 가지만 빼고 문제의 형식과 대다수의 문제는 캘리포니아 대학의 아이린 D. 갬브릴 박사와 워싱턴 대학의 체릴 A. 리치 박사가 만든 것이다.

③ 문제를 읽고 각각의 문제마다 당신의 '불안도'를 써넣는다. 불안도는 다음과 같은 요령으로 그 점수를 기입한다.

전혀 불안하지 않다   1점
약간 불안하다   2점
꽤 불안하다   3점
상당히 불안하다   4점
극도로 불안하다   5점

〈불안도〉   상   황   〈반응하는 확률〉

〈 〉 1. 돈을 빌려달랬다가 거절당했다.   〈 〉

〈 〉 2. 친구나 동료를 칭찬한다.   〈 〉

〈 〉 3. 칭찬을 받으면 기분좋게 받아들인다.   〈 〉

〈 〉 4. 시간과 노력이 필요한 일일지라도 남에게
부탁한다.   〈 〉

〈 〉 5. 원하지 않는 물건을 사라고 요청받았을
때 거절한다.   〈 〉

〈 〉 6. 잘못을 저질렀을 때는 자기의 잘못을 솔직
하게 사과한다.   〈 〉

〈 〉 7. 산 물건을 물린다.   〈 〉

〈 〉 8. 친한 남자에게서 귀에 거슬리는 말을 들었
을 때 그것을 이야기한다.   〈 〉

〈 〉 9. 모르는 사람과 이야기한다.   〈 〉

〈 〉 10 .모르는 것은 분명하게 '모른다'고 말한다. 〈 〉

〈 〉 11. 개인적인 것을 묻는다.   〈 〉

〈 〉 12. 개인적인 것을 대답한다.   〈 〉

〈불안도〉　　　상　　황　　　〈반응하는 확률〉

〈　〉 13. 구인 광고에 응모한다. 〈　〉

〈　〉 14. 승진을 요구한다. 〈　〉

〈　〉 15. 여자에게 권한을 맡긴다. 〈　〉

〈　〉 16. 남자에게 권한을 맡긴다. 〈　〉

〈　〉 17. 싫은 일은 하지 않는다. 〈　〉

〈　〉 18. 지나친 요구는 딱 잘라 거절한다. 〈　〉

〈　〉 19. "참 잘 하셨습니다" 하고 남에게 칭찬
하는 말을 한다. 〈　〉

〈　〉 20. "당신의 행동에는 찬성할 수 없어요"
하고 말한다. 〈　〉

〈　〉 21. 긴 전화가 왔을 때 중간에서 끊는다. 〈　〉

〈　〉 22. 데이트를 청한다. 〈　〉

〈　〉 23. 악의에 가득 찬 부당한 욕설을 들었을
때 그것을 받아들인다. 〈　〉

〈　〉 24. 당신 자신의 행동에 관한 비판을 남에
게 이야기한다. 〈　〉

〈　〉 25. 마음에 들지 않는 사람이 데이트를 청
하면 거절한다. 〈　〉

〈　〉 26. 사귀는 남자와 마음이 맞지 않게 됐으
면 헤어진다. 〈　〉

〈　〉 27. 동침을 요구해 오더라도 만약 싫다면
딱 거절한다. 〈　〉

〈　〉 28. 레스토랑에서 웨이터가 주방 옆의 시
끄러운 자리로 안내하면 자리를 바꿔 달
라고 한다. 〈　〉

〈불안도〉　　　상　황　　　〈반응하는 확률〉

〈　〉 29. 레스토랑에서 주문하지 않은 요리가
　　　　나왔을 때, 이를테면 잘 구운 송아지 간을
　　　　주문했는데 살짝 구운 것을 가져왔을 때는
　　　　바꿔달라고 부탁한다.　　　　　　　　〈　〉

〈　〉 30. 어머니한테 꾸중을 들었을 때는 가만
　　　　있지 않고 말대꾸한다.　　　　　　　　〈　〉

〈　〉 31. 빌려간 물건을 돌려달라고 요구한다.　〈　〉

〈　〉 32. 다른 사람이 당신의 업적을 자기의
　　　　공적으로 선전하면 항의한다.　　　　　〈　〉

〈　〉 33. 다른 사람으로 인하여 화가 났을 때
　　　　는 그것을 본인에게 말한다.　　　　　　〈　〉

〈　〉 34. 당신에게 기쁜 일이 생겼을 때는 그것
　　　　을 친구·가족·애인·남편 등에게 말한다.　〈　〉

〈　〉 35. 당신이 미혼녀라 할 때 친구 부부의
　　　　초청을 받았다면 남자가 당신을 따라가지
　　　　않더라도 간다.　　　　　　　　　　　〈　〉

〈　〉 36. 혼자서라도 파티에 참석한다.　　　　〈　〉

〈　〉 37. 윗사람이나 애인·남편 또는 남자 친구
　　　　등 그들이 사업상 분명한 실수를 했을 때는
　　　　그것을 알려준다.　　　　　　　　　　〈　〉

〈　〉 38. 회의에서 발언한다.　　　　　　　　〈　〉

〈　〉 39. 남이야 어찌 생각하든 자기가 결정한
　　　　생활방식으로 살아간다.　　　　　　　〈　〉

〈　〉 40. "당신을 좋아해요" 하고 진심으로 말할
　　　　수가 있다.　　　　　　　　　　　　〈　〉

〈불안도〉   상   황   〈반응하는 확률〉

〈 〉 41. 당신 스스로 성관계를 요구한다.   〈 〉

④ 문제들을 다시 한 번 잘 읽고 각 문제의 끝에 '반응하는 확률'
을 기입한다. 즉, 당신이 이런 상황에 부딪쳤을 때 나타낼 태도
의 확률을 써넣으면 된다. 그 점수는 다음과 같다.

  언제나 그렇다 ····························· 1점
  대체로 그렇다 ·························· 2점
  두 번 가운데 한 번은 그렇다 ········ 3점
  별로 그렇지 않다 ······················ 4점
  절대로 그렇지 않다 ···················· 5점

  예를 들어서 친한 남자한테 귀에 거슬리는 말을 들었더라도
그것에 관한 말을 입 밖에 낸 일이 없었다면 그 문항 끝에 '4'
를 써넣는다.

  ⑤ 이 점은 확실히 해 두고 싶다고 매일같이 생각하는 것이
있다면 점수에 ○표를 친다.
  문제에서 이럴 수도 있고 저럴 수도 있는 경우에 부딪쳤을 때
그 점수는 낮은 것으로 처리한다.

  자기를 지킨다는 것은 곧 자기의 생활 방식을 나 스스로가 결정
한다는 자신감을 갖게 하는 것이다. 말하자면 자기 자신을 지배하는
법을 터득시켜 주는 것이라 할 수 있다.

어떤 상황에 처해졌을 때 어떻게 행동하는 것이 나를 지키는 것인가? 그 방법은 여러 가지가 있을 수 있다. 우선 이들 행동 방법을 알아보고, 그 가운데서 골라 자기의 행동을 결정한다.

남편이나 아이들, 동료, 윗사람, 친구, 판매원 등 다른 사람이 결정해 주던 당신의 행동 방법을 바꾸어 나간다. 이 때 염두에 두어야 할 것은 '내가 나 자신을 존경하는 것은 어떤 행동을 취할 때일까?' 라는 생각을 해 본다.

자기를 지키는 행동을 한번 하고 나면 그 다음은 이런 행동을 하기가 연쇄 반응처럼 쉬워진다. 자신감이 생기고 기분이 통쾌해져서 또 한번 해 보고 싶은 생각이 저절로 나게 된다.

그러나 이제까지 소극적인 생활만 해 오던 사람이 갑자기 탈바꿈하려고 한다면 당연히 약간의 무리가 생기게 된다.

자기를 변화시키겠다고 결심했으면 자기의 결점이 무엇인지를 분석하는 일이 가장 먼저 해야 할 일이다.

당신이 가지고 있는 약점이 무엇인지 알아보기 위해서는 다음 퀴즈를 풀어보며 생각해 본다.

◆ 당신의 약점을 알아보기 위한 테스트

① 당신은 독신이다. 어느 날 대기업의 구인 광고를 보고 찾아갔다. 시험관인 남자가 이것저것 시시콜콜하게 묻다가 이런 질문을 했다.

"당신은 직장생활을 계속할 생각입니까? 아니면

결혼해서 아기가 생길 때까지만 일할 생각입니까?"

당신은 어떻게 할까?

㉠ 벌떡 일어나서 다음과 같은 말을 남기고 방을 나간다.

"제 사생활은 참견하지 마세요."

㉡ "글쎄요, 아직은 먼 훗날의 일이라 생각해 본 적이……."

하고 고개를 바닥에 떨군다.

㉢ "결혼이 직장 생활하고 무슨 상관이 있겠어요. 결혼해서 그만둘 생각이었다면 이렇게 찾아오지도 않았을 거예요. 그런 건 왜 묻죠?"

고개를 갸우뚱한다.

㉠은 당신이 푸대접을 받았을 때 반박을 하는지 못하는지 알 아보는 테스트.

㉢가 바람직하다. 그 일에 대한 관심을 분명하게 말하고 상대 방의 귀에 거슬리지 않게 자기 주장을 하고 있다. ㉠은 공격적 이고 ㉡은 소극적이다.

② 당신은 숫자 감각이 약하다. 그런데 공교롭게도 사귀고 있 는 남자는 공인 회계사였다고 하자. 세금 신고 기간이 다가왔 기에 당신은 그의 도움이 필요하다.

㉠ "신고 용지에 기입하는 걸 도와주겠어요? 당신도 알다시피 난 할 줄 몰라서……. 그렇지만 당신이 그 일 때문에 바빠서 쩔쩔매는 건 싫어요."

ⓛ 끙끙대면서 자기 힘으로 기입을 하지만 잘 안 된다.

ⓒ 그가 도와주겠다는 말을 하지 않으므로 그저 안타깝게만 생각할 뿐이다. 마침내 사소한 일로 화가 치밀어 그만 분통을 터뜨린다.

②는 남에게 부탁하는 말을 할 수 있는지 여부를 알아보는 테스트다.

㉠은 자기의 희망을 분명하게 표현하고 상대방에게 거절할 수 있는 여유를 준다.

ⓒ은 두 가지 점이 좋지 않다. 하나는 상대방이 남의 마음을 꿰뚫어보는 도사라도 되는 양 기대하는 점이고, 또 하나는 그 결과 자기의 기대에 어긋나게 되니 전혀 무관한 일을 가지고 그에게 화를 내게 된 점이다. 사실은 상대방에게 분명히 부탁의 말을 하지 못한 자기 자신에게 화를 내고 있는 상황이다.

ⓛ의 태도에는 자기를 지키는 면이 많이 결여되어 있다. 그러면 자기 자신이 점점 더 미워질 뿐이다.

③ 직장의 세미나에서 어떤 일을 기획하여 제출하였다. 세미나가 끝나자 윗사람이 "기획을 아주 잘 했어요" 하고 말했다. 그럴 경우 당신의 반응은?

㉠ 부끄러워서 얼굴을 붉히고 고개를 숙인다.

ⓛ "고맙습니다. 이모저모 좀 애를 썼었지요. 그런데 부장님은 어떤 점이 가장 좋다고 생각하시나요?"

ⓒ "어머, 그렇게 생각해 주시니 고마워요. 그렇지만 아직 제 맘에 쏙 든 건 아니에요."

③은 칭찬을 받았을 때 응대를 잘 하는지 못 하는지를 알아보는 테스트.

ⓒ은 윗사람의 칭찬에 감사하고, 한 걸음 더 나아가 자기가 열심히 노력했다는 점도 지적하고 있다. 그뿐 아니라 업무에 관해서 좀더 이야기하고 싶은 의욕적인 면을 보인다.

㉠은 너무 소극적이다.

ⓛ은 너무 겸손하다. 자기가 한 일에 만족하지 못한다 하더라도 그럴 때는 그렇게 말해서는 안 된다.

④ 최근 3년 동안 당신은 어떤 자선 단체를 위해서 기부금을 모금하는 오찬회의 간사직을 맡아 왔다.

금년에도 회장이 전화를 걸어서 간사직을 한 번 더 맡아 주지 않겠느냐고 물었다. 그러나 당신은 이제 그만뒀으면 좋겠다고 생각한다.

㉠ "이젠 그만두고 싶어요. 무척 힘드는 일이에요."

ⓛ "글쎄요…… (잠깐 동안 말이 없다). 그럼 해 보죠. 하지만 이번이 마지막이에요."

ⓒ "안되겠어요. 시간이 없어요. 딴 사람을 알아보시죠" 하고 단호하게 대답한다.

④는 거절하는 능력을 알아보는 테스트.

㉠은 너무 약하고 ㉢은 너무 강경하다. 그렇지만 이들은 모두 거절하는 뜻을 분명히 하고 있다.

그러나 ㉡에는 자기를 내세우는 면이 전혀 없다.

⑤ 당신은 6세부터 12세 사이의 세 아이를 기르고 있다. 세 아이는 저녁 식사때면 으레 싸움을 한다. 오늘밤은 유별나게 심한 싸움을 한다. 당신은 도저히 참을 수 없는 상황이다.

㉠ "너희들은 어째서 다른 집 아이들처럼 사이좋게 지내질 못하니? 그애들은 싸우는 법이 없더라."

㉡ 울음을 터뜨리면서 소리친다.

"도저히 더 못 참겠구나!"

㉢ "엄만 저녁밥을 조용히 앉아서 먹을 권리가 있다고 생각한다. 너희들이 계속해서 싸우고 싶다면 밥그릇을 들고 밖에 나가서 싸우려므나. 그러기 싫으면 우선 밥부터 먹고 나서 내 귀에 소리가 안 들리는 곳에 가서 싸움을 계속해라" 하고 조용한 말씨로 말한다.

⑤는 권리를 주장하는 능력을 알아보는 테스트.

당신은 오랜 시간 정성껏 만든 음식을 좀 여유 있게 먹고 싶지 않은가? 그렇다면 비록 상대가 자녀들이라 할지라도 분명하게 당신의 권리를 주장하는 것이 당연하다.

㉠은 공격적이어서 효과가 있을지 의문이다.

ⓛ은 자기를 지키는 면이 없다. 어머니는 아이들에게 단호한 태도를 가르쳐 줄 의무가 있다는 것을 잊어서는 안 된다.

ⓒ이 바람직하다. 침착한 권리 주장은 자녀들도 배우게 된다

⑥ 남편이 기분 나쁜 표정으로 들어와서
"오늘은 일진이 몹시 사나운 날이었어" 하고 퉁명스럽게 말한다. 당신은 어떻게 할까?

㉠ "오늘은 나도 재수 없는 날이었어요" 하고 같이 화를 낸다.

ⓛ "당신은 언제나 이런 버릇이 있어요……" 하면서 그의 평상시 생활 태도를 조목조목 따지면서 잔소리를 길게 늘어놓기 시작한다.

ⓒ "무슨 일인데요? 우선 칵테일이라도 만들어 드시죠. 식사를 하면서 당신 이야기를 듣기로 해요"라며 부드럽게 말한다.

⑥은 의사소통을 원만히 하는지 못 하는지를 알아보는 테스트.

상대방에게 동정의 뜻을 표현하고 대화를 위한 마음의 문을 부드럽게 열고 있다. 자기의 생각을 단도직입적으로 말해서는 대화가 잘 진행되지 못하는 수가 많다.

ⓛ은 당신의 말이 옳을지도 모른다. 남편이 직장에서 처신하는 방식이 좋지 못했는지도 모른다. 그렇지만 그런 상황에서 이와 같이 날카로운 지적은 역효과이다.

㉠은 상대방의 고통을 완전히 무시하고 있다. 자기의 기분도 그럴지 모르지만 너무나도 매정하다.

ⓒ은 남편의 마음을 부드럽게 만져주는 행복의 답이다.

⑦ 친구와 함께 별장을 빌려서 쓰고 있다. 그런데 당신이 남자 친구를 초대하고 싶을 경우.

ⓐ "주말에 내 별장에 오지 않겠니? 재미있는 친구들이 많이 모일 건데" 넌지시 말을 한다.

ⓑ "정숙한 애는 자기가 먼저 남자한테 전화하지 않는단다."
이러한 어머니의 말을 생각하고 고민한다.

ⓒ "이번 주일에 바빠? 주말에 스케줄 있니?"
꼬치꼬치 질문을 하고 그의 대답을 살피면서 초대할지의 여부를 결정한다.

⑦은 직접적인 의사소통을 할 수 있는지의 여부를 알아보는 테스트.

ⓐ처럼 직접 초대의 말을 하면 확실한 대답이 온다. 상대방이 거절하더라도 당신을 나무라지는 않을 것이다. 기껏해야 주말에는 약속이 있다는 정도이다.

ⓑ은 아직도 어머니의 그늘을 벗어나지 못하고 있는 수동적인 타입이다.

ⓒ은 지나치게 잔재주를 부리고 있기 때문에 당신이 도대체 무슨 말을 하려는 의도인지 상대방이 이해하지 못한다. 도리어 상대방은 마음의 문을 닫아 버리게 될지도 모른다.

⑧ 당신은 현재의 직장에 8년 간이나 근무하고 있다. 일을 잘 해서 실적도 많이 올렸으나 월급은 쥐꼬리만큼 올랐고 승진은 도무지 가망이 없어 보인다. 때마침 인사 이동이 있었는데, 당신이 가고 싶은 자리가 비워 있었다.

㉠ 윗사람이 그러한 당신의 마음을 알아줄 때까지 묵묵히 기다린다.

㉡ 동료들에게 불평을 늘어놓고, 내가 만약 그 자리에 앉게 되면 이렇게 하겠노라고 얘기를 한다.

㉢ 담당하는 윗사람을 찾아가서 직접 부탁한다. 하고 싶은 말을 잘 정리하여, 그것을 메모지에 적어서 윗사람의 책상 위에 놓고 온다.

⑧은 목표를 세우고 그 목표를 향해서 나아가는 능력을 알아보는 테스트.

㉢은 확고한 준비 태세를 갖추고 원하는 자리를 똑바로 추구하고 있다. 이제까지 당신은 너무 소극적으로 감나무에서 감이 떨어져 입 속에 들어오기만 기다리고 있지 않았던가?

자기의 목적을 달성하기 위해서 누구와 접촉하는 것이 좋을지는 때와 장소에 따라 다르겠지만, 회사 간부 가운데 제일 친한 사람과 상의하는 것이 가장 현명한 태도이다.

㉠은 자기를 내세우는 면이 없다.

㉡· 소극적인 태도다. 실권을 쥐고 있는 사람과 접촉하지 않고 엉뚱한 사람에게 불평을 늘어놓아 봤자 아무런 소득도 얻지 못한다.

⑨ 당신이 어떤 칵테일 파티에 참석했다. 그런데 아는 사람이 아무도 없다.

㉠ 마실 것을 손으로 꼭 거머쥐고, 나한테는 아무도 말을 붙이지 않는구나 하고 속상해한다.

㉡ 30분쯤 있다가 살며시 자리를 뜬다.

㉢ 자발적으로 사람들에게 접근해서 이야기를 건다.

⑨ 사람 사귀는 능력을 알아보는 테스트.

㉢의 경우 누구든지 연습만 하면 자기 스스로 대화의 실마리를 풀어나갈 수 있다.

자기를 내세울 줄 아는 사람은 먼저 다른 사람에게 접근하여 이야기를 시작할 줄 안다. 무슨 말부터 해야 할지 걱정된다면 "초면이지만…… 안녕하세요?"

만약 당신이 언제나 '불안'이라는 괴물의 지배를 받고 있다면 당신의 인생에는 발전이 없게 된다.

우선 벌여 놓고 볼 일이다. 과감하게 이야기를 시작한다. 그러면 불안은 사라지게 된다.

㉠과 ㉡은 소극적인 태도이다. 손을 내밀 생각조차 않고 있다. 당신이 손을 내밀 때 다른 사람들 역시 당신과 마찬가지로 불안해하고 있다는 생각을 먼저 해 보라.

⑩ 당신은 성생활에 만족하지 못하고 있다. 상대 자가 잠자리에서 보여주는 매너가 마음에 들지 않

고 더욱이 만족한 성적 쾌감도 맛보지 못한다. 당신의 태도는?

㉠ 즉흥적인 심리학자가 되어, 그의 성생활에서 생기는 문제점을 분석하여 마치 강의를 하듯 지루하게 이야기한다.

㉡ "여자는 섹스에 관한 애기를 해서는 안 된다"고 하시던 어머니의 말을 생각하고 그대로 꾹 참는다. 그러나 불만은 점점 더 커진다.

㉢ 그에게 당신의 기분을 털어놓고, 성생활을 좀더 원만하게 하기 위해서는 어떻게 하는 것이 좋을지 일상적인 애기를 하는 것처럼 조용히 의논한다.

⑩ 성생활에서 자기를 내세우는 능력이 있는지의 여부를 알아보는 테스트.

㉢처럼 상대방과 툭 터놓고 이야기하는 것이 앞으로의 만족할 만한 성생활을 위해서 바람직하다. 상대방도 역시 불만을 가지고 있어서 서로 의논하기를 바라고 있을지 모르는 일이다.

㉠은 상대방에 대한 공격적인 태도가 강하다. 그러면 사태는 더욱 나빠질 것이다.

㉡은 자기를 내세우는 면이 없으며, 아직도 과거의 악습에서 벗어나지 못하고 있다.

주위에서 나를 지키기 위해서는

2

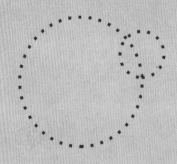

만일 당신이 이것만은 절대로 양보하지
않겠다는 태도를 취한다면 그 누구도 그것을
빼앗지 못할 것이다

주변으로부터 나를 지키기 위한 노력

주변으로부터 나를 지키기 위해서는 우선
행복하다고 생각하는 마음이 중요하며,
그것이 자신을 행복하게 하는 것이다.

나를 지키기 위한 노력은 마치 체조 훈련을 하는 것과 너무나
비슷하다.
　어떤 여자들은 물구나무서기나 무슨 운동이든 척척 해내기도
하지만, 어떤 여자는 엄두도 내지 못한다. 그래서 처음에는 기
초적인 호흡법과 근육 체조부터 시작하는 것이 보통이다. 그
러다 점차 몸이 조금씩 풀리게 되면 부끄러운 생각은 자연스
럽게 사라진다.
　이렇게 해서 서서히 숙달되어 가면 스스로 열심히 노력하게
되고 언젠가는 완전히 터득할 수 있다는 자신감이 우러나온다.
　나를 지키는 것도 이와 마찬가지 원리이다.
　처음에는 작은 방법부터 배운다. 지나친 욕심을 부리지 말고

쉬운 일부터 시작해 본다.

백화점 점원이 무례하게 대했을 때에도 그 점을 지적해서 말하기가 어려웠다면 그것부터 연습에 들어가 본다. 그 다음에는 그럴 경우 썼던 방법을 친구나 남편과의 관계에 응용한다. 가장 쉬운 문제에 맞부딪쳐 실행해 보면서 점차 마지막에는 가장 어려웠던 문제에 도전한다.

이런 순서로 점차 어려운 문제로 나아가는 순서를 잡아두는 것이 좋다.

그러다 보면 경우에 따라서는 슬럼프에 빠져서 고민하게 되는 일도 있다. 그러나 한 번의 고비를 넘긴 다음에는 반드시 급격한 발전이 오게 된다.

내 경험으로는 목표를 결정하는 일이 가장 어려운 문제중의 하나였다. 그래서 나는 간단한 것부터 연습하기로 했다. 생각만 하다가 막상 실제로 해 보았더니 비교적 간단히 숙달할 수 있었다. 그래서 나는 좀더 어려운 문제라고 생각해 왔던, 남에게 부탁하는 방법을 익히기로 했다. 이것은 아직도 연습을 계속하고 있는 중이지만, 이전보다는 자연스럽게 부탁할 줄 알게 되었다.

그러나 나는 아직도 분명하게 'No!' 하고 거절하는 단호함은 익히지 못했다. 사람이란 대단한 노력과 고통을 떠안지 않고는 'No'라는 말을 쉽게 할 수가 없는 것 같다. 그렇지만 두 번에 한 번 정도는 이 말이 입에서 튀어나오게 되었으니, 그것만도 발전이라면 큰 발전이라 하겠다.

목표를 향해 돌진하라

어떠한 목표를 달성하는 기법을 터득하기 위해서는 기술이 필요하다. 자기의 목표 달성을 위해서는 무엇보다도 태도부터 바꾸어야 한다. 그렇지 않으면 일생 동안 아무런 목표도 없이 떠도는 신세가 된다.

◇ 지금 생산적으로 일하는 자세가 되어 있는가?

◇ 마음이 내키지 않는다고 일을 하다 마는 버릇은 없는가?

만약 이런 버릇이 있다면 아주 사소한 일도 대단한 것으로 인식하게 된다.

그러므로 하고 싶어서가 아니라 '해야만 되니까 한다'는 관념이 부족한 사람이나, 또는 이제까지 일을 조리 있게 하는 교육을 받지 못한 사람이나, 작업이나 시간을 적절히 요리할 줄 모르는 사람은 언제나 끝에 가서는 허둥대고 만다.

◇ 일에 시달리고 있지 않은가? 자기의 감정을 뒤돌아볼 겨를도 없이 일에만 열중하지는 않는가? 적당히 휴식을 취하며 일하고 있는가?

◇ 다른 사람에게 시달리고 있지 않은가? 'No' 라는 말을 할 줄 모를 뿐만 아니라 여기저기 불필요한 관계를 맺고 있지는 않은가? 혹은 다른 사람 일에 열중한 나머지 마치 희생자와 같다는 피해 의식에 시달리지는 않는가?

◇ 자기 자신에 대해 비현실적인 기대를 하고 있지 않은가? 자기에게 너무 많은 기대를 하거나, 아니면 지나치게 자기를 과소 평가하고 있지는 않은가?

예를 들어 세 시간이 걸릴 것으로 알고 있는 일을 1시간 만에 완성하려고 한다. 그래서 일이 끝나지 않으면 낙심해서 흥미를 잃고 중도에서 포기하는 경우가 있다.

이런 경우에 자기가 목표를 너무 허술하게 세웠기 때문이라는 점을 알지 못하는 사람이 대부분이다. 그로 인해 공연히 자신은 쓸모없는 인간이라고 단정하고, 그 결과 다른 일에도 부담감을 느껴 결국 용기를 잃게 된다.

심리학자인 허버트 펜스터하임 박사는 이렇게 말한다.

"자기의 목표를 세우고 그것을 달성하는 연습을 시작하면 지금까지 살아온 자기의 생활 방식을 어느 정도 수정해야겠다는 필요를 깨닫게 된다. 중요한 일과 중요하지 않은 일을 구별할 줄 알고, 어디에 시간과 노력을 기울여야 할지 결정할 필요가 생긴다. 장기적인 목표를 갖는다면 인생의 근본 지침은 자연스럽게 생기게 된다. 그러나 중간 목표는 그 때마다 완성의 즐거움을 맛보게 해 준다."

그렇다면 어떤 목표를 어떻게 세워야 하는가 생각해 보자.

다음의 제시들을 참고해 보자.

① 목표를 세운다.

'내 인생의 목표는 무엇인가? 그것은 어떤 방법으로 달성하는 것이 좋을까? 거기에서 생기는 장애물들은 어떻게 극복할 것인가?'를 진지하게 생각한다.

기업심리학자가 기업의 달성 목표를 세울 때와 똑같은 방법을 써보자.

예를 들면 직장에서 어떤 자리로 승진하고 싶다고 하자. 그런데 그렇기 위해서는 마케팅에 관한 지식이 필요한 것을 알았다. 그런 지식은 현재 하고 있는 일과 병행하여 습득할 수 있는가, 아니면 별도로 시간을 내어 집중적으로 공부해야 하는지를 잘 알아보고 결정한다.

② 중간 목표에 집중한다.

미시건 대학 교수인 심리학자 노먼 메이어 박사의 말에 따르면,

"장기 목표를 세웠으면 그것을 몇 개의 중간 목표로 세분한다. 이 중간 목표에 따라서 '오늘은 무엇무엇을 한다'라는 식으로 결정하는 것이 목표 달성의 요령이다."

예를 들면 당신의 장기 목표가 '나를 지킬 줄 아는 사람'이 되는 것이라고 하자. 그런 사람이 되기 위해서는 많은 중간 목표가 필요하다. '남에게 부

탁하는 말을 한다', 'No라는 말을 쓴다', '분노를 표출한다' 등 몇 가지 정한 목표를 노트에 기재한 후 그래프식으로 하나하나 성취도 표를 기록해 간다.

이렇게 해도 중간 목표는 만족감을 주는 중요한 역할을 한다. 왜냐 하면 장기 목표만으로는 너무 지루하여 실패할 확률이 크기 때문이다.

③ 목표를 구체적 시안으로 작성

목표를 설정했으면 그것을 글로 써둔다. 그것을 시각적으로 언어화해서 확실하게 해 두지 않으면 달성하지 못한 것도 달성한 것처럼 착각하기 쉽다.

목표는 구체적인 목록으로 작성해 둔다. 예를 들면 '잡무를 맡지 않는다', '지각을 하지 않는다', '정리를 좀더 잘 한다', '복장을 단정히 한다' 등과 같이 추상적으로 쓰지 말고, 지각을 하지 않겠다는 목표를 세웠으면 '9시까지 사무실에 도착한다'는 식으로 구체적으로 쓴다.

주의할 점은 써놓고 나서 반드시 다음 행동으로 옮겨야 하는 것이 중요하다. 그렇지 않으면 목표만 잘 세우는 사람으로 그칠 것이다.

◇ 모델을 설정해 본다.

당신이 노리는 목표를 달성한 친구의 이야기를 참고로 하는 것도 도움이 된다.

예를 들어 자녀들이 다 자랐으므로 다시 직장 생활을 하고 싶은 생각이 들지만 저녁 식사 준비에 대한 문제가 해결점이 없

어 고민이다. 그런데 주변에 자녀가 둘이나 있는데도 직장일과 가정일을 잘 양립시키고 있는 친구가 있다고 하자. 그런데 그 친구의 이야기를 들어본즉, 그녀는 냉장고를 안전하게 이용하는 법을 한 달간이나 연구하다 보니 아이들이 각각 하루씩 교대로 저녁 식사를 해결할 수 있는 방법을 발견했다고 한다.

◇ 목표를 세분화한다.

베란다를 눈이 번쩍 뜨이도록 깨끗하게 하기로 정했다면 우선 대청소에 착수하기로 한다.

예를 들면 오늘은 시트 놓는 선반 청소, 내일은 바닥 청소, 목요일에는 커튼 청소 등등 이렇게 목표를 세분하여 설정한다.

이런 〈세분화법〉은 어떤 목표에도 응용할 수가 있다.

어떤 여성의 예를 들어보자. 대학 시절에 연극을 전공했지만 졸업 후 곧바로 결혼하여 12년 간이나 아내와 어머니로서만 살아왔다.

그 후 직장 생활을 하고 싶었지만 자기에게는 특별한 재능이 없다는 생각에 고민하게 되었다. 그렇지만 그녀는 행동을 개시하기로 결정했다.

우선 구인 광고를 수집하여 자신에게 적합하다고 생각해 온 무보수의 일자리를 중심으로 이력서를 썼다. 보수를 받느냐, 안 받느냐가 문제가 아니라고 그녀는 생각했기 때문이다. 그러고 나서 그녀는 또다시 자기에게 어떤 재능이 있는지 신중하게 생각하기 시작했다. 그녀는 자기에게 예술에 관한 지식이 상당히 있다는 것을 발견했다.

그래서 친구들을 통해 무슨 일자리가 없는

지 수소문하던 끝에 한 친구가 1주일에 이틀 동안 박물관에서 자원 봉사 일을 해 보지 않겠느냐는 말을 했다.

그녀는 쾌히 승낙했다. 그리고 6개월 후에는 정식 직원으로 채용되었다.

④ 다른 사람에게 의지하지 않도록 한다. 우리 주변에는 남에게 의지하기를 좋아하는 사람이 많다.

개중에는 파티는 언제 어떻게 여는 것이 좋고, 아이들은 이런 학교에 보내는 것이 좋으며, 손님을 청할 때는 어떤 요리를 준비하는 것이 좋고, 아이들이 다 컸으면 직장을 갖는 것이 좋고, 누구와 결혼하는 것이 마땅하고, 누구는 결혼 상대로 적당하지 못하다는 등 매사에 있어 자기 자신의 문제라면 꼭 그렇게 장담하지도 못하면서도 남에게 충고하는 비판 정신만은 왕성한 사람도 있다.

다른 사람의 의견에 귀를 기울이는 것은 좋다 하더라도 결정만은 당신 자신이 해야 한다는 점을 잊어서는 안 된다.

⑤ 우선 순위를 정한다.

자기 자신을 정리 정돈할 필요가 있다. 무슨 일이 있더라도 오늘은 이 일을 끝내야겠다고 마음먹었으면 그것을 내일로 미루지 않도록 해야 한다. 시한이 정해져 있는 일부터 끝낸다. 일 가운데서도 무엇을 택하고, 무엇을 버릴까 하는 가치 판단을 익혀두는 것이 중요하다.

⑥ 당신의 '꿈'을 살려라.

당신은 어떤 일을 해 보고 싶다는 꿈을 가지고 산다. 그 실천을 미루어 왔을 뿐이지만, 그 이유는 뭐였던가 생각해 본다. 물론 그 중에는 실현 불가능한 것도 있을 수 있다.

그러나 의외로 손만 내밀면 잡을 수도 있는 꿈일 수도 있다.

나의 꿈은, 마담 드 카이야베가 1주에 2일 동안 아나톨 프랑스를 위해 열어주었던 것과 같은 문학 살롱을 주관해 보고 싶은 것이었다.

내가 잡지 《세븐틴》에서 사직하고 나서 나는 마음만 먹으면 매주 수요일과 일요일에 그런 살롱을 열 수가 있다는 것을 깨달았다. 그러나 우선 한 달에 한 번씩만이라도 일요일마다 그런 파티를 열기 시작했다.

⑦ 자신의 한계를 깨닫자. 재능과 나이도 고려하지 않을 수 없다.

40세에도 바이올린 연습을 시작할 수는 있지만, 그렇다고 뉴욕필하모닉 오케스트라의 퍼스트 바이올리니스트가 되겠다는 꿈을 꾼다면 그것은 허황된 일이다.

육체적인 능력이 현저하게 떨어져 있는 경우가 아니라면 테니스의 여왕 빌리 진 킹처럼까지는 어렵겠지만, 만일 휴가 때를 이용해서 합숙 훈련을 받는다면 당신의 테니스 실력은 상당한 수준에까지 이를 수 있을 것이다.

직업을 갖기 위해서는 나이가 큰 문제는 아니다.

예를 들면 45세 된 어떤 여자가 있었다. 그녀는 지금까지 몇 10년 간이나 다른 사람들의 여러 가지 문제에 관한 상담을 해 주었던 것을 생각했다.

그런데 그런 상담 자체가 그녀의 인생 목적은 아니었다는 점을 깨달았다. 그러나 지금까지의 경험에서 얻은 경륜은 결코 만만치가 않다는 것을 그녀는 깨달았다. 그녀는 정신분석가가 되기 위해서 3년에 걸친 심리학 교육 과정을 받기로 했다.

⑧ 좋은 목표에도 기한이 있다는 것을 알아야 한다.

아무런 목표도 없는 인생도 문제가 있지만 이미 시효가 지난 목표를 언제까지고 신주 단지처럼 모시고 다니는 인생도 심각하다. 그리고 오래 전에 죽어 버린 아이를 두고 자기 삶의 전부라고 믿고 사는 등의 인생은 위험 천만하다.

그런데 혹 목표의 설정이 어려운 경우에는 다음과 같은 두 가지 연습을 시도해 보자.

◎ 고리던지기 놀이

이것은 어린 시절에 누구나 한 번쯤 해 본 놀이겠지만 인생의 목표를 정하는 데도 이용할 수 있다.

보스턴에 있는 맥버 사(社)의 산업심리학자들은 몇 사람의 비즈니스맨에게 이 놀이를 시켜보았다.

고리던지기의 중심막대를 방의 한쪽 구석에 놓고 어떤 재질의 고리라도 관계 없이 몇 개 그 위에 던져본다. 마지막으로 당신이 서 있는 장소를 확인한다.

어떤 사람들은 거리가 가까워 고리가 잘 들어가므로 너무 쉬운 나머지 놀이에 흥미를 잃었다.

또 어떤 사람들은 거리가 멀어서 고리가 잘 들어가지 않으므로 중도에서 포기하였다.

즉, 이것은 너무 가까워도 안 되고, 너무 멀어도 안 된다는 논리이다.

학습 의욕이 왕성한 사람들은 언제나 적당한 높이에 목표를 두고, 그 중 몇 가지는 반드시 실행이 가능하게 한다. 그렇게 함으로써 완성의 기쁨을 맛볼 수 있기 때문이다.

고리던지기를 통해서 당신의 수준을 정하고 조절하도록 한다. 목표가 너무 쉽다면 조금만 어렵게 하고, 반대로 너무 어렵다면 조금만 쉬운 것으로 바꾸도록 한다.

◎ 나는 어떤 여자가 되고 싶은가 하고 스스로에게 물어본다.

헌터 대학의 도로시 서스킨 박사는 자신감을 갖기 위한 연습으로써 〈이상적인 나의 모습〉이라는 방법을 사용하고 있다.

이상적인 나의 모습

① 눈을 감고 나는 어떤 사람이 되고 싶은지 상상한 것을 말해 본다.

이 책을 쓰기 위해서 인터뷰한 여자들의 말을 모아보면 다음과 같다.

'감정이 풍부한 사람' '칭찬을 받았을 때 기분 좋게 받아들일 줄 아는 사람' '분노를 솔직하게 표현할 줄 아는 사람' '기브 앤드 테이크를 자유롭게 할 줄 아는 사람' '정서적으로 안정된 사람' '직업적으로 재능이 있는 사람' '나의 마음에 드는 사람' 등등.

추상적인 말로 표현하기가 어렵다면 당신이 존경하는 어떤 여성이 갖추고 있는 특성을 생각하는 것도 좋다.

재클린 오나시스(케네디 대통령의 미망인)와 같은 매력, 샤너 알렉산더와 같은 지성, 캐더린 햅번과 같은 용기와 침착성······ 이런 식으로 스스로에게 해 본다.

② 책상에 앉아서 이상적인 나의 모습에 대한 생각을 글로 써둔다.

구체적으로 어떤 모습을 갖고 싶은가, 어떤 지식을 얻고 싶은가, 어떤 성격을 가진 사람이 되고 싶은가를 20항목 정도로 자세하게 기록한다.

③ 이렇게 목록을 완성한 다음 다시 한 번 읽고 중요한 것부터 차례로 순서를 매긴다. 그 중에는 당신에게 이미 갖추어져 있는 특성도 있을 것이다.

각 항목을 더욱 발전시키기 위해서는 어떻게 하는 것이 좋은지, 또 당신에게 결여되어 있는 성격을 보충하기 위해서는 어떻게 하는 것이 좋은지 궁리하여 최종 항목을 10개 정도로 축약시킨다. 하지만 도저히 실현 가능성이 없다고 생각되는 항목은 빼낸다.

예를 들면 나의 희망 사항은 '기계를 마음대로 조작할 줄 알았으면 좋겠다'는 것이었다. 그런데도 토스터에 포크를 집어넣어 세 번씩이나 혼이 났는가 하면, 전기 믹서를 2년에 걸쳐 두 개씩이나 망가뜨린 처지이므로 이런 방면으로 아예 포기하기로 했다.

이제 〈이상적인 나의 모습〉을 완성시킬 차례다. 꿈만 꾸거나 희망적인 관측만 해서는 소용이 없고 즉시 실천에 옮겨야 한다.

'좀더 예뻐지고 싶다'는 것이 평소 꿈이라면 당장 화장 연습을 한다.

'좀더 많은 것을 알고 싶다'는 것이 평소 꿈이라면 신문의 사설란을 매일같이 읽는 버릇을 기르든가, 또는 도서관에 가서 정기 간행물을 두 권쯤 빌려보도록 한다.

④ 목표를 달성했을 경우는 자기 자신에게 스스로 '상'을 내린다. 이것은 정신분석학자 아널드 라잘러스 박사가 여성 환자(이혼한·독신녀)에게 권해 준 말이다.

그녀는 자신의 아파트를 좀더 깨끗하게 정리해 놓고 살고 싶었지만 그것이 뜻대로 되지 않았다. 지저분하게 널려 있는 식기들, 쓰다 만 세금 고지서, 읽다 만 잡지와 신문…… 이런 것들이 산더미처럼 뒤섞여 있었다.

"이걸 다 정리하자면 평생 동안 해도 안 되겠죠. 생각만 해도 끔찍해요."

그녀는 말했다.

"중간 목표를 정하라고 권고해 주시더군요. 예컨대 1주일에 하나씩 정리해 나가는 식의 방법이죠. 이를테면 우선 식기부터 깨끗이 씻어서 정리하는 일부터 하기로 했어요.

그러기 위해서는 부수적인 약속을 해야 해요. 저의 딸 제인은 미술책 수집이 취미인데 그 책장만이 저희 집 안에서 정돈이 잘된 유일한 장소였어요. 그래서 만약 식기를 씻지 않으면 미술책을 한 권 찢고, 반대로 잘 씻어서 정리해 놓았으면 책을 새로 한 권 사주기로 약속했습니다.

다음 주일에 제인은 새로 산 《피카소 극장》이란 책을 손에 들고 미소를 띄우며 내 방으로 들어왔죠. 결국 집 안을 완전히 정리하는 데 6개월이나 걸리게 되었어요.

그 동안 후퇴도 많았죠. 찢어 버린 미술책이 여섯 권이나 되었으니까요. 그렇지만 약속만은 꼭 지켰습니다. 6개월이 지난 후 책장은 완전히 미술책으로 채워져서 깔끔하게 정리된 것이 되어 있었답니다.

'자기 자신에게 상을 주는 방법'을 써서 나도 책을 다섯 권이나 쓸 수 있었다. 요즘은 아침 6시에 시작하여 12페이지를 썼으면 점심 때 타타르 스테이크와 칵테일도 품위 있는 식사를 한다.

초고가 한 권 완성되면 나 자신에게 골동품 한 개를 선사한다. 원고를 출판사에 넘기고 나서는 이미 계획해 놓은 사치스런 여유, 예를 들면 욕조 속에서 네 시간 동안이나 느긋하게 독서를 하기도 하고, 전에 내 자신에게 선사한 은으로 만든 가위로 온실의 포도나무를 매만지며 즐기는 일 등을 한다.

또한 어떤 일을 실천할 때 약간의 강압성을 부여하면 목표를 달성하는 데 기폭제가 된다.

즉, 다음과 같은 예이다.

◇ 금요일 오후는 일을 하지 않는다.

몹시 바쁜 관리직을 맡고 있는 어떤 여성은 일이 주는 스트레스에 몹시 시달리고 있었다. 그래서 그녀는 생각 끝에 새로운 전략을 짰다.

지금까지 1주일에 5일간 일하던 것을 이제부터는 4일 반 동안에 끝내기로 했다. 그리고 금요일 오후에는 사무실에 있기는 하지만 사실상 아무 일도 하지 않는다.

점심때 미장원에 가고, 오후에는 개인 편지를 쓰거나 개인적인 전화를 걸고, 때로는 벽을 멍하니 바라보면서 생각에 잠기는 것으로 하였다.

◇ 전부터 배우고 싶었던 것이 있으면 그것을 즉시 배우기 시작한다.

◇ 사고 싶은 물건이 있으면 산다.

◇ 매주 토요일에는 반드시 박물관에 간다.

다시 상(賞)에 대한 이야기로 돌아가기로 하자.

상품의 액수를 점차 높여가면서 달성할 일의 수준도 높이도록 한다.

내가 나에게 선사할 뿐만 아니라 남에게 주는 것도 좋다. 남편이나 애인·자녀·친구 등등 아무나 좋다. 자신이 목표를 달성했을 때는 자기 자신을 칭찬해 달라고 부탁해 둔다.

목표달성에 어긋났을 때는 구태여 주목을 받을 필요가 없으므로 말로써 칭찬만 해달라고 부탁해 두도록 한다.

누군가가 나를 믿고, 나를 믿어 준다는 생각은 목표 달성에 있어서 매우 커다란 역할을 한다.

유명한 소프라노 가수 레온틴 프라이스가 전에 가정부를 하고 있을 때, 주인집 사람들은 자주 "넌 장차 훌륭한 가수가 될 것"이라고 얘기해 주었다. 이것이 그녀에게 자신감을 심어주었고 훗날 그녀로 하여금 스타덤에 오르게 하는 계기가 되었다고 회고한 적이 있다. 말하자면 경제학으로 말하면 〈파킨슨 법칙〉을 역이용한 셈이다. 즉, 다음과 같은 논리이다.

"자기 주위에서 생길 수 있는 기회를 확대시켜 나가면 그에 따라 자기 자신도 확대되게 마련이다."

행동 과업의 실기

◇ 오랜만에 품위 있는 불란서 레스토랑을 찾았다. 그런데 주문한 스테이크가 너무 구워져서 제대로 맛을 즐기지 못한 경험?

◇ 택시를 탔는데, 곧바로 가도 될 길을 이리저리 빙빙 돌아서 간 다음에 길이 막힌다고 둘러대는 운전사를 만난 경험?

◇ 해외 여행을 하면서 주말에는 조용한 곳에서 푹 쉬어야지 하고 마음먹었는데, 하필 걸려든 방이 세탁실 옆의 좁은 골방이었던 경험?

이런 경우 당신은 어떻게 했는가?

나를 지키는 힘이 부족한 사람은 대개 이럴 경우 아무 말도 못하고 혼자서만 화를 삼키느라 끙끙거린다.

이 경우 심리학자들은 이런 사람들에게 '행동 과업'이라는 연습을 시킨다.

가게나 레스토랑이나 극장이나 슈퍼마켓 또는 친구·동료·남편·친척 등을 대하는 여러 가지 장면을 가정해서 실제로 행동하는 법을 가르치는 것이다.

'행동 과업'이란 이럴 때 어떻게 하는 것이 좋은지를 이론적으로 아는 것만으로는 부족하므로 실제 상황을 설정하여 직접 역할을 해 보는 것을 말한다. 체계 있게 정리된 방법으로 자기를 내세울 수 있도록 연습하는 것이다.

우선, 앞서 말한 노트에 이제까지 겪은 경험을 돌이켜보며 나를 내세우지 못했던 장면들을 메모한다. 그 중 하기 쉬운 것부터 하나씩 실천해 나가는 연습을 하면 점차 자신감이 생기게 된다.

아래의 연습 문제를 지침으로 해서 각자의 필요에 맞는 문제를 만들어 본다.

남에게 물어보는 연습

① 가게에 들어가서 가격표가 붙어 있지 않은 물건의 값을 물어본다.

② 자동차를 운전하고 가다가 길을 모를 때에 최소한 두 사람에게 물어보도록 한다.

③ 첫째 주일에는 가게에 들어가서 "1달러를 잔돈으로 바꿔주시겠습니까?" 하고 부탁한다. 그러나 물건은 아무것도 사지 않는다. 둘째 주일에는 5달러를 바꿔달라고 한다. 셋째 주일에는

10달러, 중요한 것은 어떤 물건이든 아무것도 사지 않도록 한다. 잔돈을 모으자는 목적이 아니라 남에게 부탁하는 연습을 계속해 보는 것이다.

④ 신문의 구인 광고에서 흥미 있는 광고를 발견하여 전화를 건다. 그리고 이렇게 물어본다.

《타임스》에서 광고를 봤습니다. 좀더 자세한 설명을 듣고 싶은데요?"

⑤ 남자들의 수가 많은 직장에서 일하면서 정작 대인 관계가 원만하지 못해서 고민하는 사람, 예컨대 자동차 정비원들과 접촉하는 직장에서 일하는 경우 자동차 정비 공장을 몇 군데 찾아다니며 자동차를 수리하는 데 드는 비용이 대략 얼마인가 물어본다. 진짜로 수리하려는 것은 물론 아니다.

나를 존중하는 연습

① 하루 1시간씩 나를 위해서 어떤 일을 하기로 한다. 책을 읽는 일처럼 간단한 것부터 시작하는 것이 좋다. 얼마 동안 계속하면 구속력이 없이도 비교적 쉽게 될 것이다.

② 1주일에 네 시간씩 밖에서 즐거운 시간

을 보내도록 한다.

③ 친구·동료·남편·자녀·시어머니 등등 남이 아닌 자신을 위해서 물건을 산다.

④ 컴퓨터·태권도 또는 대학원 석사 과정 등 무엇이라도 자신의 공부를 시작한다.

⑤ 윗사람에게 개인적인 일로 두 시간쯤 밖에서 만나달라고 부탁한다(사업상의 일로 함께 나가는 경우는 예외다). 여자는 언제나 점심 시간이 길고 커피숍에나 가서 죽치고 있다고 힐난하는 상사를 가진 여성에게는 특별히 이 방법이 좋다.

생활 방식을 바꾸는 연습

① 언제나 벼르고 있으면서도 못 하던 일, 예컨대 종합 진찰, 전화 번호 정리, 미루던 편지 쓰기 같은 일을 착수한다.

② 자기 자신의 은행 통장을 만든다.

③ 보수가 없더라도 책임을 수반하는 일을 맡는다. 또는 좀더 책임있는 작업을 달라고 윗사람에게 부탁한다.

사교 범위를 넓히는 연습

① 오랫동안 만나지 못한 사람에게 전화를 해서 만나자는 약속한다.

② 앞으로 3주 동안 매주 토요일 밤마다 친구네 집으로 부부동반해서 놀러가기로 한다.

③ 모르는 사람에게 이야기를 건다.

한 예를 들어보자. 웨스트 체스터에 살고 있는 메리라는 가정주부는 이렇게 노력한 결과 직장과 친구를 함께 얻게 되었다.

사라 로렌스 대학의 평생 교육 과정에 입학한 지 얼마 안 된 어느 날, 그녀는 건강 식품점에서 인삼 주스를 마시고 있었다. 마침 옆자리에 자기와 처지가 비슷해 보이는 여자가 있기에 그녀는 용기를 내어 말을 걸었다.

"예상했던 대로 그녀는 일을 찾아 집을 나온 중년 부인이었어요. 우리는 금방 마음이 통했죠. 그 때 나는 그 때까지 머릿속으로 구상하고 있던 아마추어 영화의 주인공으로 이 여자를 택하자는 생각이 들었어요. 나는 용기를 내어 부탁해 봤죠. 그랬더니 그녀는 흔쾌히 말했어요. '네, 좋아요. 하지만 서로 의견이 엇갈리면 언제라도 도중에 그만두기로 해요.' 그리고 나는 영화를 완성했고, 아직까지 우리는 둘도 없는 친구인걸요."

④ 매주 두 가지씩 새로운 일을 한다.

예를 들면 아직 한 번도 같이 식사를 해 본 적이 없는 직장 동료에게 점심을 같이하자고 청하거나, 같은 반 친구에게 차를 같이 마시자고 한다.

⑤ 남자에게 데이트를 신청한다. 거절당할까 미리 고민하지 말라. '까짓거 밑져야 본전'이라고 생각한다.

⑥ 친해 보고 싶었지만 용기가 나지 않았던 사람이 있다면 그 사람과 친구가 되려고 노력한다.

내가 《두 번째 마누라》라는 책을 저술하고 있던 중 나는 세계적인 변호사 줄리아 펄스를 인터뷰한 일이 있다.

그녀는 두 시간이나 자기의 시간을 할애하여 재혼에 관한 법률책을 읽어주며, 게다가 자세한 설명까지 해 주었다. 나는 그녀의 온화함과 박학 다식에 너무나 감격했다.

그 후 몇 달 동안이나 그녀와 친구가 되고 싶다고 생각했으나 그녀가 나 같은 여자는 관심조차 없을 것만 같아 망설였다.

어느 날 나는 용기를 내어 그녀에게 전화를 걸었다.

"제 이름은 진 베어입니다. 전에 책을 쓰기 위해서 미스 펄스와 인터뷰한 일이 있죠. 기억이 안 나실지 모르지만……."

미스 펄스는 말했다.

"아, 네 전화 주셔서 고맙습니다. 그 후에 책은 잘 진행되고 있나요?"

"네, 6월에 출간될 예정이에요."

나는 용기 백배해서 말했다.

"그런데 오늘 전화를 드린 것은 일 때문이 아니에요. 지난번 뵙고 무척 즐거웠어요. 정말 친절하셨고요. 그래서 점심을 대접해 드리고 싶은데……."

그녀는 잠시 말이 없었다.

나는 그렇지 하구선 체념하려 했다:

"대단히 바쁘신 줄 압니다. 실례했습니다……."

서둘러 전화를 끊으려고 하는 순간, 미스 펄스가 내 말을 막았다.

"점심을 대접하시겠다니 너무 놀라서 말이 나오지 않네요. 작년에 나와 인터뷰한 사람이 한 40명이나 되는데 점심은커녕 고맙다는 편지 한 장 보내는 사람이 없었거든요. 물론 응하겠어요. 다음 수요일이 어때요?"

그녀와 참으로 유쾌한 점심 식사를 했다. 커피를 마시면서, 줄리아(어느 새 우리는 서로 호칭을 부를 정도로 친한 사이가 됐다)는 우리 부부를 다음 일요일에 있을 칵테일 파티에 초대했다. 나는 잠시 망설였다.

"그 날은 남편이 강연을 할 스케줄이 잡혀 있어서 7시경까지 가기는 어려울 것 같은데요……."

"남편이 그러시다면 혼자서라도 오세요."

"그래도 괜찮을까요?"

내가 또 한 번 망설이는 기색을 하자,

"우리가 당신 상대가 되어드릴 테니 아무 걱정 말아요."

줄리아는 미소 지으며 말했다.

파티에서 그녀는 남편과 함께 내내 나를 상대해 주었다. 그날 밤 나는 뉴욕 법조계의 중요한 인물들과 만나면서 무척이나 유쾌하게 지낼 수 있었다.

그리고 그 자리에서 만난 사람들 가운데 세 사람이 각각 자기들의 파티에 초대했다. 그들은 한결같이 말했다.

"법률가가 아닌 분과 알게 되어 기쁩니다."

줄리아와 나는 급속도로 친해졌다. 토요일 오후에는 서로 전화하여,

"오늘 밤 특별한 약속 없으면 우리 집에서 식사나 같이할까?"

이렇게 말하는 사이로 되었다.

그녀는 이런 말도 한 적이 있다.

"우리가 알게 된 지 아직 3년도 안 됐지만 마치 어린 시절부터 친구였던 것 같아."

이렇게 다정한 우정을 나누게 된 것은 '그녀가 보기엔 나 같은 건 아무 가치도 없는 여자일 거야……' 하는 불안감을 극복하고 용기를 내어 스스로 먼저 전화를 걸었기 때문인 것이다.

다시 설명으로 돌아가자.

① 레스토랑에서 웨이터가 주방이나 출입구, 여자 손님들이 떠들썩하게 수다를 떠는 곳 가까이로 안내했을 때는 다른 자리로 안내해 달라고 말한다.

② 레스토랑에서 요리가 주문한 대로 나오지 않았을 때는 바꾸어 달라고 한다.

예를 들면 스테이크를 주문했는데 새까맣게 탄 것이 나왔거나, 쇠고기가 너무 질겨 칼로 잘라지지 않거나, 크림치킨을 담은 그릇이 너무 미지근한 경우 등.

변명은 필요 없다. 어떤 점이 나의 주문과 다른지를 단호하게 말한다.

③ 여자를 얕보는 태도를 보이는 사람이 있으면 즉각적으로 반격을 가한다.

예를 들어 남편과 함께 쇼핑을 갔는데, 판매원이 남편한테만 제품 설명을 한다면 이렇게 말한다.

"그 기계의 사용법은 우리 두 사람 모두에게 설명해 주세요. 세탁기를 사용하는 건 저니까요."

자동차나 주식을 사려고 할 때 판매원이 "남편의 직업은 뭔가요?" 하고 묻거든 대답할 필요도 없이 이렇게 대답한다.

"내 돈으로 사는 거니까 그런 건 알 필요 없다고 생각해요."

그래도 귀찮게 묻거든 그 대리점에서 사지 않도록 한다.

④ 조그마한 일부터 다른 사람에게 부탁하는 연습을 한다.

전화 교환수로 갓 취직한 어떤 아가씨가 잠시 화장실에 다녀오려고 잠시 동안 옆에 앉은 동료에게 부탁하고 싶지만 도무지 말이 나오지 않았다.

뉴욕 행동수정연구소의 르 베트킨 박사와 피셔만 박사는 그녀에게 서서히 적응하는 연습을 시켰다.

첫번째 : 잠깐 바깥에 바람 좀 쐬고 올게요. 30초 동안만 내일 좀 맡아 주세요."

두번째 : 필기 도구를 새로 꺼내올 동안 1분간만 부탁해요."

세 번째 : 잠깐 커피잔 좀 가져올게요 2분간만……."

이렇게 서서히 정도를 높여 갔고, 마침내 화장실도 다녀올 수 있게 되었다.

⑤ 백화점 판매원이나 동료 또는 친구가 당신에게 불쾌한 언행을 보일 경우는 '자기를 지키는 훈련'을 하는 절호의 찬스라고 생각한다.

판매원의 태도가 불친절하다면 똑 부러지게 당신의 의견을 정확히 말한다.

"이 물건이 특별히 마음에 드는 건 아녜요. 다음에 오죠."

만약 호텔에서 지저분한 방으로 안내를 받았다면,

"이 방은 꼭 숨이 막힐 것 같군요. 다른 방을 보여주세요."

동료가 너무 떠들어서 귀에 거슬릴 때는 눈으로 한껏 웃으며,

"좀 조용히 이야기하시겠어요? 도무지 일이 안 되는군요."

⑥ 부모·남편 등이 당신의 생활 방식이나 사고 방식, 또는 육아교육을 비난할 때도 그 말이 합당치 못하다고 생각될 때에는 그냥 듣고만 있지 말고 자기의 생각을 분명하게 말한다.

분명하게 No라고 말하자

어느 날 극작가 모스 허트는 브로드웨이에서 자신의 새 작품을 연출하게 된 연출가 가슨 캐닌과 이야기를 주고받고 있었다.

허트는 캐닌에게, 그 연극의 주인공으로 캐스팅한 여배우가 마음에 드는지 물어보았다. 캐닌은 별로 마음에 들지 않았지만 원작자의 마음에 든다면 어쩔 수 없지 않으냐고 대답했다. 그러자 허트는 단호하게 말했다.

"그렇다면 Yes란 말을 하면 안 돼요. 지금까지 내 경험으로는 No하고 싶을 때 Yes를 한 경우는 언제나 실패했어요."

'No'라고 말할 수 있는 능력은 나를 지켜가는 데 있어서 중요한 필수 조건이다. 당신의 상사·배우자·동료·룸메이트 등 다른 사람은 언제나 당신에게 어떤 식으로든 강압적인 제안을 할 수 있다.

내심 거절하고 싶은데도 어쩔 수 없이 응한다는 것은 자기의 생활을 통째로 다른 사람에게 지배당하고 있는 것과 같다.

'No'라는 단 한 마디가 여성에게는 무척이나 낯설고 무서운 것으로 인지된다.

웹스터판 《제3신국제사전》에 의하면 '여성적'이라는 말은 '피동적으로 참는 행동, 피동적'이라는 뜻으로 되어 있다. '여성적'이라는 말은 복종적이고 결단성이 없는 것을 말하는 것으로 생각하는 여성이 대단히 많다.

다른 사람에게 무엇인가 가르쳐 주거나 자기에게보다는 남에게만 친절을 베풀어주는 것을 '여성적'이라고 생각하는 사람도 많다. 이런 여자들은 남의 부탁을 거절한 다음 느끼게 되는 죄책감에 괴로워하느니 차라리 매사에 'Yes'라고 말하는 것이 쉽다고 생각한다.

또한 지금까지 뒤떨어진 종자로 대접받아 왔기 때문에 자기의 판단력 자체에 아예 자신감이 없는 사람도 많다.

"하지만 그이에게 반대할 순 없어. 그이는 나보다 머리가 좋은걸. 내 생각 같은 것쯤이야……."

여성들 중에는 남과 다투거나, 남의 비난을 받거나 하는 것이 두려워 거절하지 못하는 사람도 있다.

여자란 현재에 만족할 줄 알아야 한다고 확신하는 꽉 막힌 여성들이 주위에 너무 많다.

거절을 못 해서 자기 혼자서 끙끙 앓는다는 것은 정신 건강상 좋지 않다. 그 이유는 다음과 같다.

◎ 첫째 자존심에 심한 상처를 받는다.

앤 젤라드는 결혼한 지 6년째인 여자로, 다섯 살 난 딸을 두고 있다. 그녀의 친구가 전화를 걸어 이런 부탁을 했다.

"부탁이 있는데, 우리 부부만 3개월 예정으로 유럽 여행을 하고 싶은데, 그 동안 우리 딸 신디아 좀 맡아줄 수 없겠니?"

마음 같아서는 내키지 않았지만, 앤은 그냥 승낙을 해 버렸다. 커다란 실수였다는 것은 이미 알았지만 결과는 예상보다 문제가 컸다.

앤은 12주일 동안이나 16살의 신디아를 위해서 요리와 세탁은 물론, 집에는 언제 돌아오는지, 남자 친구는 누구를 만나느니 하는 등등 그녀의 어머니로서도 감당하기 힘든 문제를 도맡아 하지 않으면 안 되었다.

엎친 데 덮친 격으로 신디아의 친아버지까지 딸을 찾아오게 되어 이만저만한 골칫거리가 아니었다.

"집안이 온통 엉망이 됐어요. 심지어 이제까지 원만하던 우리 부부 사이마저 틈이 벌어지게 됐어요. 신디아는 버릇이 없는 아이여서 나와 어린 딸은 이만저만 골치를 썩인 게 아니랍니다. 그애를 맡아서 제가 피해를 본 건 이루 말할 수 없어요. 물론 책임은 거절하지 못한 저에게 있죠. 마침내 친구네 부부가 돌아오기는 했지만 그 후로는 별로 얼굴도 마주치지 않는 사이가 되고 말았답니다."

허버트 펜스터하임 박사는 이렇게 말했다.

"젊은 독신 여성이 무절제한 생활을 하는 이유 중의 하나는 'No'란 말을 하지 못한 것이 큰 원인으로 되고 있어요. '섹스를 하지 않는다면 다시는 만나자고 하지 말아야지.' 이런 구실을 둘러대면서, 사실은 마음 속으론 자기 자신을 증오하고 있는 거죠."

◎ 다음으로, 누구한테나 마음에 들려고 하다 보면 자기가 정작 해야 할 일과 하지 않으면 안 될 일도 돌아다볼 겨를이 없게 된다.

나 자신의 예를 들어 보자.

내가 어느 잡지의 원고 마감에 쫓겨 허둥대고 있을 무렵, 마침 프랑스인 친구 니콜에게서 편지가 왔다.

그녀와 나는 단순히 크리스마스 카드를 교환하거나, 그녀가 미국에 오거나 내가 파리에 갔을 때 만나 점심 식사를 같이하는 정도로서 그렇게 친한 사이는 아니었다.

그녀의 편지 내용은 마침 미국으로 떠나는 비행기에 빈자리가 있어 얼마 동안 미국에 가 있고 싶은데 우리 집에서 좀 묵을 수 없겠느냐는 것이었다.

난감한 일이었다. 나는 잡지사의 원고 마감 말고도 일거리가 산더미같이 쌓여 있었다. 게다가 빈 침대도 없었고. 식당과 작업장으로 겸용하고 있는 방에는 고작 소파 한 개가 비어 있을 뿐이었다.

그렇지만 나는 'No'라는 말을 결국 쓰지 못하고 이렇게 중얼거렸다.

"모처럼 미국에 올 수 있는 기회를 잡기는 했지만, 돈이 무척이나 궁한 모양이지."

나는 내 형편을 설명하고, 큰 도움을 줄 수는 없지만 잠깐 동안이라면 우리 집에서 묵도록 하라고 답장을 보냈다.

니콜은 여행 가방을 다섯 개나 들고 찾아왔다. 그 날 이후 내 생활은 악몽 그 자체였다.

그녀를 찾는 전화가 끊이질 않았다.

그녀는 내 옆방에서 잠을 자고 있었기 때문에 부엌에도 쉽사리 나갈 수가 없었다. 그녀의 속옷이 의자에 널려 있었고, 자기 손님을 불러다가 내 술병으로 대접하기도 했다.

3주일이 지난 후 나는 이미 속이 상하여 있었지만, 다정하게 물었다.

"니콜, 비행기 티켓은 며칠 간 체류 예정으로 돼 있나요?"

"4, 5일요."

그녀는 짧게 대답했다.

기가 막혀서 나는 말문이 막혀 버렸다. 그래서 이틀 동안 연습을 해서 겨우 말했다.

"니콜, 실은 우리 집에 곤란한 사정이 있는데, 우리보다 넓은 집에 사는 친구를 찾아볼 순 없나요?"

프랑스 사람다운 특유한 제스처로 어깨를 으쓱해 보이며 그녀는 말했다.

"당연히 있죠. 애당초 그렇게 말하지 그랬어요. 침실이 남아 도는 친구도 많다고요."

이틀이 지나자 그녀는 '코스모폴리탄 클럽'이라고 하는 호화로운 여성용 클럽으로 짐을 옮겼다.

그 후 전화 한 통, 고맙다는 편지 한 장 없이 프랑스로 돌아갔다. 그 다음달에 182달러 43센트라는 보통때의 다섯 배나 되는 전화요금 청구서가 나왔다.

'No'라는 말을 못한 대신 그녀와의 우정이 더욱 깊어진 것도 아니다. 도리어 친구 한 사람을 잃고 180달러에 달하는 전화 요금을 불필요하게 지불해야만 했던 것이다.

게다가 잡지 일은 완전히 망쳤다. 난생 처음 마감 시간을 어겼을 뿐만 아니라 보내준 원고도 되돌아왔다.

자기의 소극적인 태도를 적당히 합리화해서는 안 된다. 소극적인 자아와 대결하기를 피하여 'No'라는 말 대신 'Yes'라는 말을 하기 쉽지만 이것은 결단코 극복해야만 한다.

나 자신의 경험을 예로 들어보자.

시어머니가 휴가를 떠날 때면 언제나처럼 내가 시어머니의 개를 맡아주는 것이 관례로 되어 있었다.

"안 되겠어요, 리에게 부탁해 보셨어요? 리는 일을 하지 않잖아요……."

이렇게 말해 본 적은 한 번도 없다. 오히려 나는 만약 내가 거절하면 시어머니가 기분 나쁘게 생각하실 거라는 이유를 달아 나 스스로를 달래왔다.

'그러나 나를 지키는 훈련'을 받고 나서는 용기를 얻어 개를 맡지 못하겠다는 거절을 할 수 있었다. 그랬더니 시어머니는 뜻밖에도 어린애처럼 이렇게 말하는 것이었다.

"아니, 괜찮다. 애완견 맡아주는 집에 부탁하면 거기서 잘 돌봐 줄 거 아니겠니."

자기의 기분을 솔직하게 표현하지 않으면 당신과 상대방 모두 좋지 않은 생각을 갖게 된다.

예를 들어 남편이 영화를 보러 가자고 제안할 경우, 당신이 쉽게 승낙했다고 하자. 그러나 마음 속으로는 소설책을 보는 것이 낫겠다고 생각하면서도 남편이 가고 싶어하니 어쩔 수 없다고 생각한다.

그런데 사실은 당신 남편도 진정으로 가고 싶은 생각은 없었다. TV에서 재미있는 제트 게임이나 보고 싶지만 당신을 위한다는 표현으로 그냥 말해 본 데 불과했다.

이런 종류의 엇갈린 마음은 서로간의 대화 통로에도 큰 지장을 준다.

언제나 남의 일을 솔선해서 거들어 주면 그들은 버릇처럼 말한다.

"그런 일은 지니한테 맡기면 돼."

그러다가 종종 당신이 당연히 거절할 것이라고 생각하는 일도 당신이 거절하지 못할 때면, 그들은 당신에게서 실망을 느낄 것이다. 특히 자녀들과의 관계에서 그렇다.

남을 원망하는 마음이 쌓이고 쌓이면 다른 사람을 적대시하면서 일생을 살게 되는 경우가 많다. 그러나 정작 당신이 분노해야 하는 사람은 다른 사람이 아니라 바로 당신 자신인 것이다.

위스콘신 대학의 연구 보고서를 보면 '거절하는 기술'은 연습만 하면 가능하다고 한다.

① 대답은 'No'라는 말로부터 시작한다. 그

렇지 않으면 답변의 십중팔구는 '글쎄요'나, 아니면 'Yes'라는 결론으로 끝나게 되기 쉽다.

② 또박또박 분명하게 이야기한다.

기어들어가는 목소리로 조그맣게 'No'하면 말소리와 말의 내용이 어울리지 않는다. 그렇게 되면 상대방은 당신의 그런 허점을 들추어 얘기할지도 모른다.

③ 대답은 짧고 분명하게 한다.

긴 설명은 변명처럼 들리기 쉽고 자기 방어적으로 되어, 결국에는 타협으로 마무리되기 쉽다.

분명함과 정직성이야말로 대답의 포인트이다.

〈예 1〉 어머니로부터 이번 여름엔 집에 좀 다녀가라는 소식을 전해 받았다. 그러나 휴가 기간은 짧고 다른 계획이 있을 때,

서툰 답변 : 엄마, 아직 결정할 수가 없네요. 노력해 보겠지만요.

좋은 답변 : 안 돼요, 시간이 없어요. 휴가 기간이지만 여기서 일을 계속하다가 주말엔 바닷가에 갈 계획이에요.

〈예 2〉 직장에서 부조금 등으로 돈을 갹출하는 일이 많아 피해가 크다. 그 중에는 잘 알지 못하는 사람도 있어서 너무 무리하다는 생각을 하고 있던 중, 이번에 또 당신이 잘 알지 못하는 사람을 위해 돈을 거두자는 회람이 돌았다. 이 때 당신

은 돈을 내기 싫다면,

　나쁜 방법 : 거절하지 않고 말없이 지불한다.

　좋은 방법 : 싫어요, 난 그 사람을 잘 몰라요."

　"난 못하겠어요. 이번 주에만 벌써 세 번째예요. 미안하지만 이번엔 못 하겠어요.

　④ 공연한 불안감으로 'No'라는 말을 하지 못하는 버릇을 버려라.

　어떤 이유로 지금까지 사귀던 남자와 다시는 만나지 않기로 결심했다. 이제 더 이상 그 남자한테는 관심조차 없다. 그런데 며칠 후 그 남자로부터 전화가 걸려와 만나자고 한다. 그럴 때 적절한 대답은 이렇다.

　남자 : 한 번만 만나줘.

　여자 : 안 돼요, 더 만날 필요 없어요.

　남자 : 난 말야, 생각을 고치기로 했다고.

　여자 : 안 돼요, 난 당신을 더 이상 만나고 싶지 않아요. 더 이상 이야기하지 말아요.

　이렇게 이야기를 분명하게 표현하지 않으면 '난 잘 모르겠어요. 하지만……' 하는 뉘앙스를 풍기게 될 수가 있다. 그러나 위에 든 바와 같이 정확한 대답을 하면 그런 오해가 생기지 않는다.

　⑤ 당신이나 상대방이나 모두에게 받아들이기 좋은 말투는 삼가 할것.

헬렌한테는 고등학교를 졸업이 가까운 아들이 하나 있다. 이 아들은 자기와 같은 3학년 친구를 자그만치 30명이나 초대해서 파티를 열고 싶다고 한다. 모자간에 오고간 대화가 어땠을까.

아들 : 3학년 친구들을 모두 초대해서 파티를 열고 싶어요.

어머니 : 무슨 파티 말이냐?

아들 : 이브닝 파티죠.

어머니 : 남학생, 여학생 모두?

아들 : 네.

어머니 : 낮에 하면 안 되겠니?

아들 : 안 돼요.

어머니 : 왜? 아무튼 파티는 안 돼.

아들 : 엄만 안 나오셔도 돼요.

어머니 : 하지만 여긴 내 집이라는 걸 잊지 말아라.

아들 : 난 하고 싶은데 왜 안 된다는 거예요?

어머니 : 난 책임을 지고 싶지 않아서 그렇다.

이 대화 속에서 어머니 헬렌은 두 가지 잘못을 범하고 있다.

첫째, 분명하게 'No'라는 말을 하지 못하고 그 대신 다른 파티를 열어주겠노라고 말하고 있는 점, 둘째 일관성 있게 거절하지 못했다는 점이다.

'나를 지킬 줄 아는 사람'이라면 다음과 같은 대화를 주고받았을 것이다.

아들 : 파티를 열고 싶은데요?

어머니 : 안 된다.

아들 : 왜요?

어머니 : 지나친 요구야. 너희들은 이제 겨우 고등학교를 졸업하는 아이들이야. 난 책임을 질 수가 없구나.

아들 : 하지만 모두 좋아할 거예요.

어머니 : 어쨌든 내 대답은 No야.

⑥ 당신에겐 거절할 권리가 있다.

시어머니에게 심부름할 시간이 없다고 말할 권리, 동생에게 돈을 꾸어줄 여유가 없다고 말할 권리, 대학 학자금을 마련하기 위해 잡지 구독을 애원하는 외판원에게 잡지는 많이 구독하고 있으므로 더 살 수가 없겠다고 거절할 권리를 당신은 가지고 있다.

그리고 당신은 당신 자신의 입장에서 시간을 나누어 생활할 권리를 가지고 있다.

나는 다른 사람과 점심 약속을 자주 하지 않는다. 이른 아침부터 오후 세 시경까지 작업을 하므로 다음과 같은 대화가 되기 마련이다.

친구 : 애, 점심 식사 같이할래?

나 : 안 되겠어.

친구 : 왜?

나 : 나는 한참 일할 시간이거든.

친구 : 어머나, 글은 언제라도 쓸 수 있잖
아? 언제 써도 똑같지 않니?

나 : 난 그렇지 않아.

직장에서도 무리한 부탁이라고 생각될 때는

망설이지 말고 'No!'하고 말해도 좋다.

나와 함께 자기를 지키는 일에 관심을 갖고 노력하는 친구가 있었는데, 그녀는 사회 복지위원이었다.

사흘 전에 〈정신 장애아에 관한 보고서〉를 어떤 의사에게 보냈다고 한다.

그 날 오후 의사는 병원의 연구생들에게 그 환자에 관한 사례 보고를 하기로 예정되어 있었다. 그 일을 잊고 있던 의사는 다급하게 그녀에게 전화를 걸어 말했다.

"너무 바빠서 여태껏 보고서를 읽을 겨를이 없어서 그런데 대충 내용을 요약해서 설명해 주시겠어요?"

그녀는 이렇게 말했다고 한다.

"안 돼요. 지금 외출할 참이에요. 게다가 보고서는 보낸 지 한참이나 되었잖아요. 직접 읽어보세요."

그리고 그녀는 이런 말을 내게 덧붙여 말했다.

"만일 나를 지킨다는 것에 의미를 두기 전이라면 내 예정을 바꾸어 가면서까지 그 의사의 부탁을 들어주었겠죠."

⑦ 연습 또 연습.

최근에 일어났던 일 가운데 지나친 부탁이었다고 생각되는 일을 다섯 가지 정도 생각해 낸다.

그 상황을 좀더 적절하게 거절하는 방법을 연구한다. 분명하고 정직하며 직접적으로 대답해야 한다. 그리고 대답하는 말을 글로 써본다. 녹음기를 사용하면 더 효과적이다. 지나치다고 생각되는 부분을 녹음해 두고, 거기에 대해 적절한 대답을 한다.

대답이 적합하지 못하다고 생각되면 만족할 때가지 되풀이한다.

⑧ 준비할 것.

가장 많이 쓰는 패턴을 생각해서 대답의 모델형을 만들어 두는 것도 좋은 방법이다.

내 경우에는 이런 내용들이다.

"안 돼요, 들어주고 싶지만 바빠서 안 되겠어요."

"안 돼요, 난 너무 할 일이 많답니다. 딴 사람을 알아보시죠."

"안 돼요, 오늘은 그럴 기분이 나질 않는군요."

"안 돼요, 곤란하겠어요. 그 날은 약속이 있어요."

등등.

한 가지 유의해야 할 점은 무슨 일이든 즉석에서 거절하라는 것은 아니다. 어떻게 할 것인지 결정이 어려울 때는 잠시 생각해 보자고 말하는 것도 좋다.

내 경우는 거절하기에는 어렵다고 생각되는 일일 때면 잠시 사이를 두고 말한다. 조금 생각한 다음 확고한 답변이 섰을 때 천천히 "안 돼요." 라는 말을 분명히 말한다.

⑨ 당연히 승낙할 필요가 있을 때는 거절하는 말을 하지 말아야 한다.

거절이라는 것은 자기의 이기주의를 표명하는 것이 아니다. 그것은 자기의의 기분과 남의 기분을 동시에 고려하는 것이다. 그러므로 깊이 생각한 다음에 결정해야 한다.

며칠 전의 일이다. 나는 〈어머니날〉을 기념하여 시어머니에게 점심과 발레 구경을 함께 하자고 청했다. 시어머니는 승낙하고는 말했다.

"하지만 외식하는 건 그만두자. 네가 잘 만드는 치즈 수플레를 집에서 마련해 주렴. 그럼 네가 새로 만든 의자 커버도 볼 수 있지 않겠니?"

그런데 나는 그 전날 열 명이나 되는 친구를 저녁 식사에 초대했던 터였다. 게다가 치즈 수플레를 만들려면 달걀을 휘젓는 일도 쉬운 일이 아니고, 거품이 잘 일었는지도 걱정해야 하고, 집안 청소도 해야 했다. 그런데 그 날은 점심을 장만할 기분이 나지 않았다. 레스토랑으로 가서 만들어 주는 음식이나 먹고 싶은 생각이었다.

그러나 그 날은 나보다는 시어머니를 우선적으로 생각해야 하는 날이니만큼 'No'라는 말을 하고 싶은 생각이 굴뚝 같았지만 나는 시어머니의 의견에 승낙하고 말았다. 신중하게 생각한 다음에 한 말은 'Yes'였다.

⑩ 'Yes'란 말을 하고 싶을 때는 'No'란 말을 하지 않는다.

이것은 지금까지 내가 한 이야기와 상반된 경우다.

신문 기자인 친구가 말했다. 몇 년 전에 그녀는 워싱턴에 있는 어떤 신문사로부터 일요판 편집장으로 오지 않겠느냐는 교섭을 받았다.

그 무렵 그녀는 시카고에 살고 있었다.

"아직 그 이야기는 남편한테는 말하지도 않았어. 난 즉석에서 거절했어. 내 직장을 옮긴다고 해서 남편이 워싱턴으로 따라오지는 않을 거라 생각했었어. 그리고 1년쯤 후에 우린 워싱턴으로 이사를 하게 됐거든. 그런데 남편이 무슨 좋은 기회가 없을까 하고 말하는 것을 듣자 비로소 난 아차 싶더라고."

이런 예에서 볼 수 있듯이 'No'라는 말을 하기가 어려워 고민하고 있는 당신은 지금부터라도 즉시 시작해 보기 바란다. 싫을 때는 딱 거절하는 것이다.

자녀들이건 남편이건 시누이건 친구이건 간에, 어쨌든 이해하기 어려운 부탁을 받았을 때는 망설이지 말고 거절할 줄 알아야 한다.

노력만 하면 큰 어려움 없이 'No'라는 말을 할 수 있을 것이다. 또한 이 문제는 당신 혼자서만 괴로워하는 문제가 아니라는 점을 잊어서는 안 된다.

이란의 왕비 파라 디바가 미국을 방문했을 때 어떤 인터뷰 자리에서 그녀는 환경·여권(女權)·예술·교육의 네 가지 문제에 관해 이야기해 달라는 부탁을 받자,

"그런 문제는 피곤해요. 난 피곤하면 밥맛이 없어지고 기분이 좋지 않거든요. 이제 'No'란 말을 입에 올려야겠어요."

그녀는 왕비였지만 그런 사람마저도 'No'라는 말을 하기가 쉽지는 않았던 모양이다.

'나'라는 대명사를 최우선으로

얼마 전 엘리스 넬슨이라는 젊은 기자와 인터뷰한 적이 있다. 그 때 나는 몇 해 전에 귓병을 앓으면서 잠을 이루지 못하던 이야기를 했다.

며칠 동안 고열이 계속되었다. 그 때 나는 비즈니스 가(街)의 아파트에서 독신 생활을 하고 있었기 때문에 주문하면 배달해 줄 만한 상점도 없었고, 또한 스스로 요리를 할 상황도 전혀 아니었다.

친구가 앓아누웠을 때 나는 닭고기 수프나 캐세롤 같은 걸 가지고 문병을 갔었는데, 막상 내가 앓아눕고 보니 먹을 것을 들고 찾아오는 사람은 하나도 없었다.

그 때 나는 내심 서운함으로 가슴앓이를 했었다.

몇 년이 지난 후 우연한 기회에 그 때 이야기를 남편에게 했더니, 남편은 친구들에게 먹을 것을 가지고 문병 오라는 부탁을 하지 않았느냐고 화를 내는 것이었다. 그러면서 만약 자신이 그런 부탁을 받았다면 당연히 기꺼이 응했을 것이라고 말했다.

인터뷰를 한 지 약 한 달쯤 되었을 때 엘리스에게서 전화가 왔다.

"정말 신기한 일이에요."

그녀는 거침없는 목소리로 말을 했다.

"감기에 걸려 앓다가 당신 이야기가 생각나더라고요. 그래서 친구에게 전화해서 도움을 청했죠. '내가 지금 아픈데 혼자서 힘 들구나. 네가 좀 도와줄래?' 하고요. 그 날 밤 한 사람은 닭고기를 들고 왔고, 또 한 사람은 포트 로스트를 갖고 찾아왔어요. 그리고 또 한 친구는 추리 소설을 세 권씩이나 갖다 주었으며, 예쁜 튤립 꽃다발을 가져온 친구도 있었어요. 나를 내세우는 행동이 이렇듯 효과를 볼 줄 몰랐어요."

당신이 속마음을 탁 털어놓고 이야기하지 않는다면 상대방은 당신 마음을 알지 못한다.

'나'라는 대명사를 자신 있게 사용할 줄 모르는 여성이 의외로 많다. 지금까지의 교육은 '나'라는 말을 잘 쓴다는 것은 이기주의자라는 증거이며, 다른 사람들의 혐오감을 살 뿐이라고, 또 그렇게 믿고 있는 사람도 많다.

사회의 일반적인 관념은 예쁘고 부끄럼 잘 타는 여자, 여성다운 애교를 부릴 줄 아는 여자, 지는 척하면서 이길 줄 아는 여자가 좋다고 가르쳐 왔고, 또 그렇게 배웠다.

그래서 대개의 여자들은 자기의 소망을 간접적인 방법으로 충족시키려 한다.

예를 들어보자.

칭찬 스타일 : "그리스에 가서 휴가를 보내자는 당신 생각을 내가 왜 진작 생각하지 못했을까요. 정말 멋져요." (사실은 당신 자신이 생각한 의견이지만 이것을 남편에게 전가하고 있는 것이다.)

푸념 스타일 : 남편에게 설거지를 직접 부탁하지 못하고 한숨을 쉬면서 푸념만 늘어놓는다.

"내가 여태껏 당신에게 희생해 왔으면 당신도 이젠 날 좀 도와줄 만하잖아요."

연극 스타일 : "오늘밤은 아무 레스토랑에나 갔으면 좋겠어요." (속으로는 이탈리아식 레스토랑, 그것도 '안젤로'에 가려고 결심하고 있으면서도)

친구에게 묻는다(친구에게 스타킹 좀 사다 달라고 부탁할 생각이다).

조종 스타일 : "오늘 5번가에 갈 일 없어요?"

눈치 스타일 : 당신은 소매점에서 일하고 있다. 당분간 토요일에도 근무를 해 주었으면 좋겠다고 주인이 말한다. 당신은 거절하고 싶지만 아무 말도 하지 못한다.

토요일이 되어 하는 수 없이 나오기는 했지만 물건을 팔려는 노력은 하지 않는다(내심 토요일은 일하고 싶지 않다는 것을 주인에게 깨우쳐 주자는 속셈이다).

이상과 같은 방법은 얼마 동안은 통용될지도 모른다. 그렇지만 긴 안목으로 볼 때는 결코 바람직하지 않은 방법이다.

첫째, 자기 생각을 분명하게 전달하지 못한다.

예를 들어 당신이 만약 어떤 남자에게,

"다음 주일엔 스트랜드 극장에서 아주 좋은 영화를 상영하는 모양이에요."

하고 말한다면 그 남자는 지나가는 말로 "고마워, 한번 가보지" 하고 말할 뿐 당신도 함께 가자고 청하지 않을지도 모른다.

그런데 만약 당신이 직접 "스트랜드 극장에서 좋은 영화를 한다던데 시간 되시면 우리 함께 가실래요?" 하고 묻는다면 데이트가 이루어질 가능성이 크다. 설사 데이트가 이루어지지 않는다 하더라도 분명한 대답만은 얻을 수 있다.

둘째, 다른 사람에게 내 마음을 알아 달라고 요구하는 것은 잘못된 생각이다.

"이번 주말에 우리 집 비치 하우스로 초대하고 싶어요."

"이번 주말에 무슨 예정 없나요?"

위의 두 화법 중에 어떤 쪽이 정확할까?

후자의 화법은 내 말 속에 깃들여 있는 내 속마음을 당신이 알아주세요 하는 태도가 들어 있다. 이런 말은 다분히 오해를 일으킬 여지가 많다.

셋째, 당신 자신의 존재를 무시하는 결과를 낳게 된다. 흔히 사람은 상대방에게 듣기 좋은 말만 하는 것이 아니다.

내가 세 번째 책《두 번째 마누라》를 집필 중이었을 때 다음과 같은 실수를 범했었다.

나는 남편의 전처를 미워하고 있었다(졸업식과 법정에서 잠시 얼굴을 보았을 뿐 정식으로 만나서 이야기한 적은 없지만).

내가 그녀를 미워하는 이유는 나처럼 일을 열심히 하기보다는 이혼을 빌미로 한평생 살아갈 위자료를 집요하게 받아냈기 때문이다.

남편이 데리고 온 세 아이들한테도 나는 무

척이나 속이 상했다. 이런 감정이 책 속에 이입되었는가, 독자들이 나에 대해 '나쁜 여자'라느니, '전처를 적대시하는 여자'라느니, '마음씨 나쁜 계모'라느니 하는 생각을 갖게 되는 것을 두려워했다.

그래서 나는 내 경험을 제인이나 메리와 같이 다른 사람의 이름으로 바꾸어 써서 그녀들에게서 일어난 일처럼 꾸며 썼다. 그리고 책의 마지막 무렵에 가서야 겨우 내 섭섭한 마음을 적을 수 있었다.

그랬더니 어떤 유명한 비평가가 내 저서에 관해 이런 평을 들려주었다.

"만약 당신이 맨 마지막 장에서 쓴 표현과 같은 방법으로 그 책을 썼더라면 훨씬 더 재미있는 책이 되었을 것 같군요."

나 자신의 감정을 억제하고 '나'라는 대명사를 쓰지 않았기 때문에 더 공감을 주는 좋은 책을 쓰지 못하게 된 셈이었다.

넷째, 분노를 폭발하고 나면 진짜 속마음이 표현되는 것으로 생각하기 쉽지만 사실은 그렇지 않다. 왜냐 하면 **분노의 폭발은 감정의 억압이 그 원인이므로, 즉 기압이 폭발점까지 올라가기 전에 미리 정직한 자기 감정을 표현한다면 자기도 괴로운 분노를 터뜨리는 일은 없어질 것이다.**

'나를 지키는 훈련'은 직접적으로 정직하게, 기교를 쓰지 않고 자연스럽게 행동하는 것이 중요하다는 점을 모든 여성들에게 강조하고 싶다.

당신이 하고자 하는 일을 직설적으로 추구하라. 상대방이 알아서 해 주기를 기다리는 것은 금물이다.

'나는……' 이라는 화법이 도움이 된다.

① 말하고 싶을 때 하고 싶은 이야기를 한다.

"고양이는 즐거울 때면 야옹야옹 하고 운다. 꼬리를 밟힌 개는 짖는다. 사람도 자기 자신에 대한 억압을 버리고 개나 고양이처럼 그 감정을 표현할 줄 알아야 하지 않겠는가?"

심리학자 앤드류 샐터의 말이다.

② 가능한 한 '나'라는 대명사를 써서 말한다.

"난 지금 값을 내겠어요."

"난 이 비프 스튜를 무척 좋아해요."

"난 상원의원 아무개와 그의 주장을 싫어해요."

"어젯밤 당신이 나한테 한 말을 생각하고 난 그만 울음을 터뜨렸어요."

"난 당신이 무척 보고 싶었다."

"당신에게 어제 한 말을 난 정말 미안하게 생각하고 있어요."

"당신이 그렇게 적대적으로 나오면 난 당신이 무서워져요."

"난 당신 어머니가 우리 집에서 그런 태도를 취하지 않았으면 좋겠어요."

"당신이 언제나 늦게 나오는 게 난 속상해요."

"난 이 보고서가 아주 잘 됐다고 생각해요."

"그 누구보다도 나는 당신을 사랑해요."

③ '나는……'이라는 말이 좀처럼 입밖에 나오지 않을 때는 다음의 두 가지 방법을 연습하는 것도 도움이 된다.

A. '나'라는 말을 하루에 몇 번이나 사용하는지 세어본다. 골프를 할 때 쓰는 카운터를 한 개 사서 '나'라는 말을 할 때마다 버튼을 누른다. 그리고 노트에 기입해 둔다.

B. 다음의 세 문장을 될 수 있는 대로 자주 사용하겠다고 결심한다.

◆ 나는 당신의 말에 찬성이다, 또는 반대다.

◆ 나는 당신이 이런 일을 했으면 좋겠다, 또는 하지 않았으면 좋겠다.

◆ 나는 이런 일을 하고 싶다, 또는 하고 싶지 않다.

A·B 어느 것이든 하기 쉬운 것부터 시작한다.

노트에 매일 횟수를 기록해 두었다가 1주일마다 한 번씩 정리한다. 2~3주 후가 되면 어느 정도 발전했는지를 스스로 분석할 수 있다.

'나는……'이라는 어법을 연습했다고 해서 자기 중심적인 인간이 되는 것은 결코 아니다. 오히려 당신을 정직하고 자연스러운 인간으로 만들고, 당신 얼굴에 씌워 있던 가면이 벗겨지게 된다.

키티는 29살의 이혼녀다. 2년 전부터 어떤 남자를 사귀고 있었는데, 그 남자는 자기 마음을 열어 사랑한다고 말할 줄 모르는 남자였다. 그도 자기의 이런 핸디캡을 잘 알고 있었다.

남자는 이런 말을 한 적이 있다.

"그런 말을 입으로 얘기하면 닭살 돋는 것 같아."

키티는 이렇게 고백했다.

"나는 언제나 자신에게 물었어요. '키티야, 넌 어째서 이런 남자하고 같이 있는 거니? 이 남잔 너한테 아무것도 주지 않고 있는 거야'라고요. 하지만 막상 그이를 대하고 보면 말문이 열리질 않았어요. '나는 무엇을 원해요' 이런 식의 말이 도무지 입에서 나오지 않는 거예요. 하지만 나를 지킨다는 게 얼마나 중요한지 깨달은 후부터 나 자신의 감정에 문제가 있다는 것을 알게 되었어요. 그래서 혼자 또는 친구의 도움을 받기도 하면서 연습을 했지요. '나는 당신의 마음을 바라고 있어요'라는 말을 정확하게 할 때까지 연습했죠. 마침내 결국 그 말을 하고야 말았죠."

이렇게 키티가 툭 터놓고 자기 마음을 표현했을 때 그 남자는 당황하며 말했다.

"난 그렇게 못하는 사람이에요. 다른 남자를 찾아봐요."

키티는 무척 실망했다.

그렇지만 그녀는 마음 속에 자신감과 자존심이 용솟음치는 것을 느낄 수가 있었다. 그녀는 지금도 이렇게 말한다.

"적어도 난 내 마음을 툭 터놓고 말한 셈이에요. 사랑은 그것으로 끝났지만 기분은 오히려 개운한걸요."

50세의 어떤 여자의 이야기다.

그녀는 지금까지 완전한 현모양처로서 살아왔다. 뼈빠지게 일해서 남편을 박사로 만들었고, 다섯 자녀를 훌륭하게 키웠다. 그러다가 정작 자기 자신의 재능은 아무것도 살리지 못하고 언제나 집안일에만 열중해 왔다.

50세가 되자 그녀는 인생에 무슨 보람을 느낄 만한 일은 없을까 생각하고 간호사 공부를 시작해 보려 했지만 남편은 한사코 반대했다.

30년 동안이나 되는 오랜 동안의 결혼 생활을 해 오다 자기 자신을 위해서 어떤 일을 하고 싶다고 내세운 그녀의 자기 주장은 이미 때가 늦었던 것이다.

그리고 오래지 않아 남편은 직장에서 만난 어떤 여자를 사랑하게 되어 그녀의 곁을 떠났다.

'나는 무엇을 하고 싶다'는 말이 그녀로서는 너무나도 늦었던 것이다.

④ 가슴 속에서는 불이 나는데도 겉으로는 아무렇지도 않은 듯 태연하게 행동하지 말라.

"난 마음이 편치 않았어요."

"난 그런 말은 듣기 싫어요."

"당신은 내게 그런 말 할 권리가 없어요."

이런 식으로 당당하게 자기의 생각을 직설적으로 말한다.

의외로 남의 마음을 상하게 해놓고도 그것을 깨닫지 못하는 사람이 많다. 나의 곁에서 많은 도움을 주었던 어떤 여의사는 지금까지 한 번도 분노를 표출해 본 적이 없다고 한다. 부부싸움을 할 때도 자기의 생각을 솔직하게 표현할 수가 없어서 배게에 얼굴을 묻고 묵묵히 참아왔다고 말했다.

"하지만 이제부턴 그러지 않을래요. 내 생각을 분명히 전할 결심을 했어요."

그녀는 미소지으며 말했다.

그리고 그 다음 주에 그 말을 실천에 옮겼더니 남편은,

"그렇게 분명히 말하는 게 훨씬 낫군."

하며 웃더라고 전했다.

다음은 내 자신의 경험이다. 내가 쓴 책을 가지고 언제나 흠을 보는 여동생이 있다.

자기는 부사와 형용사조차 구별할 줄 모르면서 내 글을 힐난한다는 것이 나는 내심 못마땅했다. 그렇지만 아무 말도 하지 않았다.

내가 TV에 출연한 어느 날 동생에게서 전화가 걸려왔다.

"텔레비전을 봤어."

그녀는 비꼬듯 말했다. '제기랄, 또 난리났군' 하고 나는 언제나 그랬듯이 방어 태세를 취했다.

예상대로 그녀는 이렇게 말해 왔다.

"언니, 목소리가 왜 보통때와 달라? 어제 이빨이라도 뽑았어?"

나를 지키는 자세의 중요성이 떠올라 나는 내 감정을 솔직하게 표현했다.

"얘, 리네트. 난 네가 언제나 내 흠만 잡으려는 게 속상해. 책을 쓰거나 텔레비전에서 이야기를 하는 것이 뭔지 넌 모르잖니. 넌 그 때 내 기분이 어땠을지 모를 거야. 하여튼 제발

그러지 마. 격려를 해 주고 싶다면 모르겠지만 그렇지 않을 땐 제발 잠자코 있어 주면 좋겠구나."

그리고 나는 더 이상 말없이 전화를 끊었다.

⑤ 감정을 자연스럽고 부드럽게 표현한다. 이것은 분명 화내는 것과는 다르다.

⑥ 감정을 표현할 때는 '부탁'과 '요구'의 차이를 알아두어야 한다. 상대방에게 거절할 여유를 주느냐, 안 주느냐 하는 것에 그 차이점이 있기 때문이다.

"오늘밤엔 중국 요리를 먹고 싶은데 어때요?"

이것은 부탁 같기도 하고 요구 같기도 한 질문이다. 만약 상대방이 거절했을 때 당신이 속상했다면, 당신은 부탁하려고 한 것이다

만약 당신이 화를 내고 모욕감을 느꼈다면 당신은 요구한 것이다. 왜냐 하면 마음 속으로 당신은 그가 당연히 'Yes'라고 말할 것을 기대했기 때문이다. 다시 말하면 상대방에게 거절할 권리를 주지 않은 것이다. 그럴 경우에는 스스로에게 이렇게 물어보는 게 좋다.

"나는 상대방에게 거절할 권리를 인정하고 있었을까?"

⑦ 말과 행동을 일치시킨다.

'나는……'이라는 어법에서 중요한 점은 행동과 표정을 말의 내용과 일치시키는 것이다.

◇시선

상대방의 눈을 똑바로 쳐다본다.

수줍은 듯 눈까풀을 내리고 있는 자세가 여성적인 것으로 알고 있는 여성이 있다. 그러나 그것은 잘못이다.

상대방을 쏘아볼 필요는 없지만, 바닥이나 출입문 쪽을 힐끔힐끔 곁눈질하지도 말고, 시선을 부드럽게 언제나 상대방의 얼굴을 향하도록 한다.

◇ 당신 감정에 적합한 표정을 짓는다.

화를 내면서 싱글싱글 웃는다면 그것은 상대방을 모욕하는 행동이 된다. 당연히 사랑을 고백하면서 뭔가 씁쓰레한 표정을 짓는 것도 마찬가지다.

◇ 똑바른 자세가 필요하다.

자세는 바로 당신 자신에 대한 기분을 반영하는 것이다. 뱃속에 태아처럼 웅크린 자세는 분명 결단성이 없고 소극적이라는 증거다.

고개를 똑바로 들고 발은 땅바닥에 곧게 세우고 상대방을 똑바로 바라본다면 몸 전체로써 자기 자신을 내세우고 있다는 증거가 된다.

◇ 제스처를 많이 쓴다.

프랑스 사람처럼 손과 팔을 이용해서 감정을 풍부하게 표현하도록 한다. 예컨대 강조하고 싶을 때는 탁자를 가볍게 두드리고, 호의적인 감정이 넘쳐날 때는 상대방의 목을 안아도 좋다. 방에 들어가서는 먼저 악수를 청한다. 손이나 팔을 움직이지 않으면 소극적인 인상을 주게 된다.

◇ 분명한 말소리로 이야기한다.

마치 속삭이듯 작은 목소리의 여성이 여성답다고 생각하는 사람이 많다. 재클린 오나시스(케네디 대통령의 미망인)가 그 대표적인 여성이다.

그러나 아기와 같은 작은 목소리를 가진 여성은 남을 매료시키기보다는 오히려 불쾌하게 하는 경우가 많다.

신경질적인 목소리, 단조로운 음성, 날카로운 금속성의 목소리도 물론 좋지 않다.

말소리를 위한 노력을 위해 녹음기를 이용하면 좋다. 녹음기에 짤막한 이야기나 시를 녹음해서 자기 목소리를 들어본다.

자기 목소리가 마음에 들지 않으면 고치도록 노력한다. 또박또박 말하면서도 여성답게 들리는 방법을 찾아본다.

◇ 옷차림도 나를 내세우는 재료의 하나가 된다.

나는 기분이 우울할 때면 내가 평소 좋아하는 파리지엔 식의 판탈롱 바지를 입는다. 이상하게도 그러면 자신감이 생겨나고 '난……하고 싶어요'라든가, '난 당신이……해 줬으면 좋겠어요'라는 말도 자신 있게 말할 수 있게 된다.

효과적인 행동 패턴의 실례

　잡지 《세븐틴》을 시작할 때 나는 퇴직금에 덧붙여 4,661달러 60센트를 더 받아내는 데 성공했다. 그 비결은 첫째 내가 그것을 요구했기 때문이고, 둘째는 요구하기 전에 남편과 마주하여 요구하는 방법을 3시간 동안이나 연습했기 때문이다.

　내가 《세븐틴》에 근무하던 기간 중 마지막 1년 간은 경영자가 바뀌는 바람에 내 입장도 바뀌게 되었다. 회의를 할 때면 의견이 통하지 않았고, 경비를 쓸 때마다 일일이 설명을 요구받았으며, 기획안을 내놓아도 묵살되기 일쑤였다.

　나는 오랫동안 근무해 온 만큼 퇴직금을 더 받아야겠다고 결심하고, 웬만하면 회사에 남으려고 이를 악물었다.

　최후의 그 날이 올 것을 준비하려는 마음으로 새 경영자가 해고한 다른 동료들의 퇴직금을 미리 조사해 두었다. 그 결과 나는 근무 연한 1년당 2주일간의 급료가 계산되고 있는 것을 알 수 있었다.

그 후 내가 남편과 함께 콜롬비아에서 휴가를 보내고 사무실로 돌아왔을 때, 나에게는 사실상 모든 업무가 정지되었다는 것을 깨달았다. 내가 지리를 비운 3주 동안 벌써 내 부서의 편집진 가운데 두 사람이 해고를 당했던 것이다.

나는 더 이상 참을 수 없어 남편과 상의했다.

"참을 수가 없어요. 퇴직하는 게 낫겠어요."

그러자 남편이 말했다.

"오래 가지 못할 것만은 분명해. 하지만 금요일까지 기다려 봤다가, 그래도 아무 일이 없다면 그 때 사직하는 게 어떨까?"

이틀 후 총무부장이 나를 불렀다.

"앉으시오, 진."

그가 무슨 말을 할 것인가 나는 벌써 알고 있었지만, 그냥 물끄러미 쳐다만 보았다.

"회사에서는 이번에 당신 부서를 해체하기로 결정했어요."

나는 담담하게 말했다.

"예상대로군요 스티브. 하지만 이렇게 오랫동안 근무해 왔음에도 불구하고 필립 라이트 씨(새 경영자)로부터 직접 해고 통지를 받는 명예를 얻지 못한 것은 뜻밖인데요."

스티브는 난처한 표정을 지었다.

"아니에요. 당신을 위해 새 직책을 만들어 보려고 노력은 해 봤는데⋯⋯"

나는 그 말을 가로막았다.

"여러 가지로 애써 주신 건 알겠어요. 그런데 퇴직금은 얼마나 되죠?"

그는 액수를 말했다. 1년마다 1주일씩의 급료를 계산한 액수였다. 나는 재빨리 내 주장을 말할 수가 있었다.

"너무 적은 액수로군요. 다른 직원들은 1년마다 2주일 치를 계산하지 않았나요?"

스티브는 어쩔 줄을 몰라 하며 말했다.

"그럼, 내일 사장하고 직접 얘기해 보겠어요?"

"좋아요."

나는 짧게 대답하고 방을 나왔다.

그 날 밤 나는 남편에게 해고당했다는 말을 했더니, 그는 냉장고에서 샴페인을 꺼내다 주었다. 그러나 나는 마실 기분이 아니었다.

"마땅히 받아야 할 액수를 포기해야 한다면 나 자신이 용서하지 않을 거예요. 해 보는 데까지 부딪쳐 보는 거죠. 두렵지는 않지만 막상 어떻게 요구해야 할지 방법을 모르겠어요."

허브는 그 장면을 실제로 연출해 가면서 연습해 보자고 말했다. 그래서 이런 식으로 연습했다.

허브 : 자, 시작해 봐요.

나 : 라이트 씨, 드릴 말씀이 있는데요…… (침묵. 말이 금세 막혀 버렸다.)

허브 : 계속해요. 당신이 하고 싶은 말이 뭔지? 무슨 말을 하고 싶은지 확실히 모르겠어?

나 : (대사 연습이 아니라 남편에게 변명을 한다.) 아니에요. 마땅히 받아야 할 돈을 받고 싶어요. 그리고 자기가 직접 나를 해고시킬

용기도 없이 부하 직원을 시켜 통고한 건 비열한 일이에요. 그 걸 확실하게 말해 주고 싶어요.

허브 : 알았어. 그 두 가지를 말하고 싶다는 거지? 그럼 서 두는 어떻게 할까?

나 : (잠시 생각) 라이트 씨, 어제 해고 통보를 받았습니다. 해고당한다는 사실 자체에는 별로 놀라지 않았어요. 최근 3년 간 약 30명이나 해고당했으니까요. 그래도 나는 부장직에 있는 사람이고, 21년이나 근속해 왔습니다. 그런데도 해고한다는 말 을 당신으로부터 직접 듣지 못하고 당신 부하 직원한테 듣게 된 것은 예상 밖이군요.

허브 : 조직 생활이란 게 다 그런 겁니다.

나 : 전에는 그렇지 않았어요. 그건 그렇고…… 21년이나 장기 근속해 온 사람에게 퇴직금을 그렇게 주신다니 정말 실망 스럽군요.

허브 : 우린 그걸로 충분하다고 생각해요.

나 : 난 그렇게 생각하지 않아요. 조사해 본 바에 의하면 제인 존즈는 1년마다 2주일씩 계산해서 받았고, 톨디 런델이나 조지 마커스도 그랬어요.

허브 : (내 말을 수정해 준다) 그건 적절하지 못한 말이야. 당신이 하고 싶은 말을 분명하게 해야지. 당신 말은 당신 자신 의 얘기를 벗어났잖아.

나 : 라이트 씨, 지금까지의 퇴직금 계산에서는 1년마다 2 주일치 급료를 계산해 주는 것이 일반적인 원칙이었어요. 그런 예를 얼마든지 들 수 있어요. 내 부서의 부하 직원을 해고할

때는 그런 원칙에 따라서 계산되었다는 것을 압니다.

그런데 나한테 제시된 액수는 1년에 1주일치밖에 안 된다니 이건 불공평합니다. 그러니까 다른 사람들처럼 2주일치씩 계산해 주세요.

허브 : 원칙이 어디 있습니까. 사람마다 달라요. 게다가 당신이 받는 액수가 적어서 섭섭하다고는 할 수 없을 거요.

나 : 그렇지 않아요. 난 이제까지 근무하면서 많은 실적을 올려 왔다고 생각해요. 잡지 《세븐틴》의 편집장 자리를 명사의 자리로 올려놓은 게 바로 납니다. 여러 신문의 여성란 담당자나 평론가들 사이에도 이름이 많이 알려져 있어요. 게다가 나 자신 수상도 많이 했고요…….

허브 : 그런 것을 이번 일과 연결 짓지 말아요. 다른 회사들과 마찬가지로 우리 회사도 지금 불황에 처해 불필요한 부서를 정리하지 않으면 회사 경영이 위태로워집니다. 사실 당신을 해고할 생각은 본래 없었어요. 단지 당신이 맡은 부서만 해체시키려고 했어요…… 퇴직금은 충분하다고 봅니다.

나 : (본래의 이야기로 다시 돌아와서) 내가 말씀드리고자 하는 문제는 앞서 말씀드린 점입니다.

허브 : (나의 잘못된 점을 지적한다) 진, 당신은 자꾸 엉뚱한 방향으로 이야기를 끌고가고 있어요. 당신이 주장하는 요점이 뭐지?

나 : (본래 이야기로 돌아온다) 나는 21년 간이나 열심히 일해 왔어요. 그런데 나를 해고시키려 해요. 나로서는 마땅히 다른 사람과

똑같은 비율로 퇴직금을 받을 권리가 있어요. 게다가 난 근무 성적도 좋았어요. 그렇다고 내게 특별 대우를 해달라는 건 아니잖아요. 다만 공정한 대접을 받아야겠다는 것뿐이에요.

허브 : 그 점을 초점으로 논쟁을 이끌어 나가고 싶으면 정성의 측면을 강조해요. 다시 한 번 해 봐요.

나 : 결국 당신네들이 나를 징벌하려 한다는 생각밖에는 생각할 수가 없군요. 회사를 축소하겠다는 계획은 이해하겠지만, 난 잡지 《세븐틴》을 위해서 공헌해 온 사람이에요.

허브 : 그 표현도 별로 좋지 않아. 다른 방법으로 공격해 봐. '특별 대우를 바라는 게 아니다. 다만 내가 이룩한 근무 실적을 공정하게 평가해 달라' 바로 이 점을 강조해서 한 번 더 해 봐요.

나 : 나는 특별 대우를 해달라는 게 아니에요. 21년 동안 내가 일해 온 데 대한 공정한 보수를 받고 싶을 뿐입니다. (남편에게 하는 이야기로 돌아와서) 이 대목에서 그가 거절하면 어떡하죠?

허브 : (일러준다) 하나의 문제가 해결되기도 전에 다른 또 하나의 문제가 끼어들게 된 거로군. 그럼, 다시 한 번 연습해 보면서 문제를 하나씩 정리하기로 하지. 역할 연습에 있어서 주의할 점은 첫째 논쟁의 초점을 정해 두고 실전에 임했을 때 논쟁이 다른 방향으로 빗나가지 않도록 할 것, 둘째 상대방이 어떻게 생각하느냐 하는 데 신경 쓰지 말 것, 셋째 자잘한 변명까지 일일이 상대방의 대답을 들으려 하지 말 것, 이 세 가지야. 당신에 관해서 누구보다도 잘 알고 있는 건 바로 당신이

라고. 나는 일반적인 입장에서 조언을 주는 것밖에 안 돼요. 나머지는 당신 자신이 판단할 문제야.

여기서 나는 다시 생각해 봤다. 사장은 어쩌면 내 속셈을 떠볼 요량으로 그런 액수를 제안했는지도 모를 일이다.

나 역시 결론을 내리기는 불가능한 일이다. 그리고 이런 일은 펜실베이니아에 있는 본사에서 지시하게 되어 있는데, 본사에서는 내 이름마저 알 리가 없다. 그렇다면 이럴 경우 내가 손해를 볼 것은 없다고 생각했다.

이렇게 결심하고 나는 이튿날 9시 전에 그의 사무실 문을 노크했다.

사장인 라이트 씨는 나와 마찬가지로 일찍 출근해 있었다. 연습을 충분히 하였으므로 나는 자신감이 충만했고, 소극적이거나 공격적이지도 않게 분명한 자기 주장을 할 수가 있었다.

정확히 연습대로 되었다고는 할 수 없지만 대화는 다음과 같이 진행되었다.

사장 : 어서 와요, 진.

나 : 감사합니다. 본론부터 말씀드리겠습니다. 잘 아시다시피 어제 스티브로부터 해고 통지를 받았습니다. 당신한테 직접 듣지 못한 게 의외였어요.

사장 : 난 당신을 잘 몰라서요.

나 : 그렇지만 나를 전혀 모르시는 건 아니지 않습니까? 아무튼 그건 그렇다치고, 내가 21년 동안 이 회사에 몸담아 온 사람이라는 건 조사해 보면 아실 겁니다. 실적도 좋았

다고 생각합니다. 그런데 퇴직금으로 제시된 액수는 ○○달러였어요. 1년마다 1주일씩 계산한 액수더군요. 다른 사람들처럼 2주일치를 계산해 주시기 바랍니다. 난 특별 대우를 해달라는 게 아닙니다. 공정한 대접을 바랄 뿐입니다.

사장 : 우린 공정한 대우를 하는 거예요. 당신 퇴직금이 결코 적다고 할 수는 없어요. 우린 당신을 해고할 생각은 본래 없었어요. 단지 당신이 맡은 부서만을 해체하려 했었죠. 그런데 당신 실력을 충분히 발휘시킬 만한 자리가 없더군요.

나 : 당신 입장은 충분히 알겠습니다. 나는 해고의 이유를 묻고 있는 것이 아닙니다. 라이트 씨, 이 회사는 직원, 특히 상급 직원에겐 근무 연한 1년마다 2주일치의 퇴직금을 지불하는 것이 관례로 되어 있는 것을 압니다. 마땅히 내 경우에도 그와 같이 계산하는 게 공정한 일 아닙니까.

사장 : 그것이 요지부동의 규칙으로 되어 있는 건 아니에요. 상황에 따라 결정하는 것이오. 게다가 당신 경우는 그 관례에 어긋나는 것이 아닙니다.

나 : 잡지 《세븐틴》에서 지금까지 해고시킨 사람들은 대개가 1년에 2주일씩 계산해서 퇴직금을 받았습니다. 그 예는 얼마든지 있어요. 지난 주에 해고당한 M. 스미스가 그랬고, 조지 마커스, 콜디 런렐도 그랬어요. 그 밖에도 몇 사람을 더 알고 있어요. 메리 스미스, 낸시 존즈의 경우는 보너스까지 얹어서 받았어요. 그렇다고 나한테도 그렇게 대우해달라고 건 아니에요. 단지 1년에 2주일치씩 정확히 계산해 달라는 것뿐입니다.

사장 : 그래도 누구도 1년치를 더 받은 사람은 없는 걸로

알고 있는데요.

　나 : (일정한 수준까지 도달했으면 상대방을 집중 공격하라는 허브의 조언에 따라) 요컨대 나도 이 순간까지 《세븐틴》을 위해서 최선을 다 해 일해 왔으며, 회사측에서도 그 덕을 많이 봤다고 생각해요. 내가 여기서 21년 간이나 일한 덕에 전국에 이름이 알려졌고, 내가 기획한 것이 뉴스화되어 신문의 제1면에 게재된 적도 있었습니다. 이런 일은 《타임》이나 《뉴스위크》 같은 잡지라면 몰라도 여성 잡지로서는 보기 드문 일입니다. 나는 이 잡지에 충성을 다해 왔고, 앞으로도 그럴 생각입니다. 그렇기 때문에 나는 공든 탑을 무너뜨리고 싶지 않아요. 여기서 큰소리를 치든가, 신문 기자들에게 잡지 《세븐틴》의 퇴직금 제도가 엉터리라고 떠벌리든가, 과거에 어떤 사람이 그랬듯이 이 회사를 법으로 고소할 생각은 없습니다. 나는 단지 공정한 대접을 요구할 뿐입니다. 나의 요구 사항은 1년마다 2주일치씩 계산된 퇴직금을 받고 싶다는 겁니다. 만일 그것이 불가능하다면 내 자신이 너무 비참해질 겁니다.

　사장 : 당신 심정을 비참하게 하고 싶지는 않군요. 좋아요, 할 수 있는 데까지 해 보죠.

　그러더니 그는 자리에서 일어섰다. 우리는 악수를 했다.

　나는 내 방으로 돌아오자마자 내가 한 이야기를 간단하게 요약해서 정리해 두었다. 이윽고 15분쯤 지나자 스티브한테서 전화가 왔다.

　"근무 연한 1년당 2주일치씩 계산해서 지불하기로 결정했어요. 수표는 27일 이 곳에 와서 받아가십시오."

나는 승리의 환희를 느꼈다. 그것이 꼭 돈의 액수 때문에 그
런 것은 아니다. 만약 허브를 상대로 한 행동 연습을 하지 않
았더라면 아마 나는 논쟁에 깊이 들어가기도 전에 싸움부터 벌
였을지도 모르고, 감정이 폭발해서 중간에 울음을 터뜨렸을지
도 모른다. 사장은 나를 달래기 위해 어떻게든 나를 해고시키
지 않을 방안을 강구해야겠다고 오해했을지도 모른다. 그렇게
되면 완전한 실패일 수밖에 없다. 그것은 내가 원했던 결론이
아니고, 또 내가 얻을 소득은 아무것도 없을 것이다.

그뿐이 아니다. 내가 나를 지키는 노력을 하지 않았더라면 퇴
직금 같은 건 미처 따질 생각도 못했을지도 모른다. 겨우 2, 3
시간 연습해서 무려 4,661달러 60센트가 들어온 것이다.

나를 지키는 데 있어서 행동 연습은 중요한 기술이다.

하버트 펜스터하임 박사는 이런 방법을 쓰고 있다.

사교 생활이나 인간 관계에서 자연스런 행동을 하지 못하는
사람을 위해, 미리 가장 효과적인 행동 패턴을 만들어 그것을
연습시킨다.

**자기를 내세우는 것이 불안하여 힘든 사람에게는 다음의 3단
계를 연습시킨다.**

① 자신의 입장을 지키면서 외부의 상황을 받아들이는 법을

가르친다.

② 그것을 본인으로 하여금 연습하게 한다.

③ 그것을 실제 생활에 응용시킨다.
①과 ②의 단계는 ③의 단계를 달성하는 목적으로 연습되는 것이다.

이렇게 연습해 보자.

① 구체적인 목표 설정
4, 5개의 상황을 한꺼번에 처리하려 하는 사람이 많지만 그것은 잘못이다. 서로 관련 있는 문제이더라도 하나의 초점에 맞추고, 다른 문제는 뒤로 미룬다.

당신 나이가 22살이 되었는데도 아직까지 당신의 모든 문제를 어머니가 결정하고 있다.

즉, 옷은 이것을 입어라, 헤어스타일은 이렇게 하라, 치과의사는 언제 찾아가라 등등 어머니의 참견이 지나치다. 내 문제는 내가 스스로 결정하겠다고 당신은 생각한다. 그렇지만 어떤 방법으로 어머니한테 말하는 것이 효과적일까?

할 말을 연습할 때는 여러 가지를 한꺼번에 하려 하지 말고 한 가지에 초점을 맞춘다. 이를테면 "치과의사와 약속할 때는 엄마 마음대로 결정하지 말아요"
하고 강력하게 말하는 것부터 시작한다.

스탠퍼드대학 행동상담연구소의 샤론 바우어 박사는 "미리 줄
거리를 써두는 게 좋다"고 말한다.

◇ 나와 상대방 사이의 문제

◇ 상대방에게 하고 싶은 말

◇ 상대방이 고쳤으면 하는 태도

◇ 그래도 상대방이 고치지 않을 때는 어떻게 할까?

이 네 가지 사항을 미리 노트에 기록해 두면 초점이 보다 명
확해진다.

② 연습 상대 구하기

친구·동료·결혼 상대자 등 연습 상대는 때와 장소에 따라
달라질 것이다. 직장에서 생긴 문제라면 같은 직장에 근무하여
문제의 성질을 잘 아는 사람이 좋을 것이다.

개인적인 일이나 사교적인 문제일 경우 당신과 마찬가지로 자
기 주장을 못 해서 고민하는 친구라든가, 아니면 반대로 자신
만만하며 정신 안정이 잡혀 있는 사람, 즉 당신이 목표로 삼는
모델과 일치하는 사람을 잘 선택하는 것이 중요하다.

③ 실제 연습에 들어갈 때 주의할 점

◇ 먼저 상황 설정을 한다. 최근 일어난 일 가운데, 그럴 때
는 이렇게 했을걸 하고 생각되는 일이 있으면 그 사례를 이용
하도록 한다.

또는 면접 시험·부부 싸움 등 가까운 장래에 일어날 수 있는 상황을 설정하는 것도 좋다.

◇ 당신은 당신 자신의 역할을 맡고 상대방에게 회사 간부나 면접관 또는 이웃 사람, 시어머니 등의 역할을 맡긴다.

너무 큰 사건부터 다루지 말고 주변에서 일어나기 쉬운 사소한 상황부터 설정하는 것이 좋다.

시간은 1분 내지 5분 정도에 끝날 수 있게 한다. 끝난 다음에는 두 사람이 서로 상대방의 말에서 잘못된 점을 지적하도록 한다.

◇ 대사를 바꾸어 다시 한 번 해 본다.

◇ 역할을 바꾸어, 다시 한 번 하는데, 이번에는 상대방의 결점으로서 두드러지는 점을 서로 흉내내 보도록 한다. 예컨대 "어……, 음……" 하는 말을 자주 쓰거나 시선을 아래로 떨구는 것 등이다.

◇ 다시 각기 자기 본래의 역할로 돌아와서 지금까지 연습한 것을 상기하며 다시 한 번 해 본다.

이번에는 하고 싶은 말을 자신 있게 할 수 있게 되었는가?

"존, 나도 마음대로 쓸 돈이 있어야겠어요."

"존, 당신은 잠버릇이 좋지 않고, 이유 없이 너무 심하게 잔소리를 늘어놓는군요. 고쳤으면 해요."

④ 당신의 개성에 맞는 방법을 택한다.
자기의 개성이나 실생활과 동떨어진 방법은 어색하고 효과도 없다. 연습한 내용을 녹음해 두었

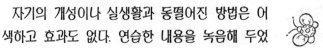

다가 들어보면서 자주 연구하도록 한다.

⑤ 말뿐 아니라 얼굴 표정에도 신경을 써야 한다.

목소리·표정·몸짓 등도 당신 생각을 잘 전달하고 있는지? 장황하게 길다거나 변명을 늘어놓듯이 어설프거나 작고 속삭이는 말소리를 내고 있지는 않은가?

⑥ 연습에서 특히 중요한 것은 불안감을 없애는 작업이다. 템플 대학의 행동수정담당 정신과 교수 조셉 볼프 박사는 말한다.

"불안을 유발하는 어떤 자극에 대해서 한번 불안하지 않은 반응이 일어나기만 하면 그 후에는 반사적으로 즉각 불안을 일으키는 그 자극의 힘이 약해지게 됩니다."

불안감을 느끼지 않고 당신의 분노나 사랑을 표현할 수 있도록 미리 장면을 설정하여 연습해 두면 실제의 상황에 닥쳐서도 불안감을 덜 느끼게 된다.

⑦ 처음부터 어려운 상황을 연습하지 말고, 단계적으로 하는 것이 좋다.

예를 들어 남편의 여동생에게 충고해 주고 싶은 말이 있었다면 우선 아무런 개인적인 감정이 없는 친구를 상대자로 선정하여 당신이 하고 싶었던 말을 연습한다.

그 다음에는 직장 동료에게 평소에 하고 싶었던 말을 연습해 본다. 그리고 그 다음에 가장 어렵다고 할 수 있는 남편의 누나를 선정하여 하고 싶은 말을 연습한다.

이렇게 점차적으로 당신이 더 어렵다고 느끼는 상대방에게 접근해 가는 방법이다.

예를 들어본다.

비서직에 있는 어떤 여성이 그 회사를 그만두고 큰 회사로 옮기고 싶다는 생각을 했다. 그녀는 친구를 상대로 해서 미리 면접 시험 연습을 해 두려고 했으나 잘 되지 않았다. 막연한 불안감부터 앞서기만 하고 좀처럼 실행되지 않았다. 그래서 그녀는 단계적인 연습 방법을 써보기로 했다.

우선 신문에서 구인 광고를 보고 별로 관심이 없는 일의 리스트를 작성했다.

그러고는 한 개씩 전화를 걸어 업무의 내용을 상세히 물어보았다. 1주일 동안 여덟 군데 회사에 전화를 했는데, 점점 불안감이 감소되는 것을 느낄 수 있었다.

그 다음 주에는 업무에 관심이 있는 곳에 전화를 걸어서 그 일에 관한 정보를 물어보았다. 그렇지만 면접 시험 약속만은 하지 않았다.

셋째 주가 되자 그녀가 진심으로 일하고자 하는 의욕이 없는 회사라든가, 자기 능력에 비추어 힘들 것으로 생각되는 직장에 전화해 보았다.

그녀는 여태까지 면접 시험에서 불안감을 넘어 공포감마저 느낄 정도였는데, 지금은 이제까지 내가 나 자신을 너무 과소 평가 했을지도 모른다는 희미하나마 자신감이 생겨남을 느낄 수 있었다.

넷째 주가 되자 비로소 진심으로 자기가 일하고 싶은 곳에 면접 시험을 치르러 갔다. 이 때에는 확고한 자신감이 생겨나 불안감이나 공포감이 없었다.

직업 소개소에서 얻은 경험, 전화로 대화하는 연습, 친구의 도움 등이 모두 효과적으로 작용해 시험은 거뜬히 통과할 수 있었다. 그 때는 이미 불안감이라고는 전혀 찾아볼 수 없게 되었으며, 3개월 후 그녀는 새 직장에 출근하였다.

행동 연습을 한다고 해서 반드시 모든 일을 능수능란하게 해결할 수 있게 되는 것은 아니다.

그러나 그렇다고 실망하면 안 된다. 문제는 해결하지 못했다 하더라도 자기의 태도를 바꿈으로써 전에는 느끼지 못했던 쾌감을 느낄 수 있다는 것만으로도 큰 소득을 얻는 것이기 때문이다. 나 자신의 변화로 인해서 주위 사람들도 기분 좋게 변화되는 경우가 많다.

어떤 변호사 부인이 직장을 갖고 싶었으나 남편이 허락하지 않기 때문에 평소에 불만이 많았다. 여자란 가정을 지켜야 한다고 ·주장하는 남편 때문에 전혀 원하는 대로 할 수가 없었다.

그녀는 여자도 한 인간으로서의 권리를 가져야 한다는 믿음으로 우선 신경정신과 의사에게 상담하러 갔다.

라트거스 대학의 아널드 라잘러스 박사는 3회에 걸쳐서 행동 연습법을 그녀에게 실시했다.

그녀는 먼저 자기의 주장을 생각나는 대로 말했다. 라잘러스 박사는 남편 역할을 맡아서 즉각 그녀의 주장에 대해 반격했다. 녹음기에 녹음된 두 사람의 대화를 들어보고, 그녀는 집에서 남편과 주고받았던 대화와 비슷하다는 생각을 했다.

그 다음 라잘러스 박사는 녹음기를 다시 틀어 놓고 중간중간 그녀가 논쟁에서 강하게 들고나올 수 있는 법률 지식 등을 가르쳐 주면서 연습을 했다.

다음 단계로 두 사람은 역할을 바꿨다.

세 번째 연습에서 다시 남편역을 맡은 라잘러스 박사는 그녀를 논리적으로 이길 수가 없었다. 감정을 폭발시켜 화를 내보아도 그녀는 끄떡없었다. 그렇게 되었을 때 박사는 그녀에게 남편과 얘기해도 좋다고 했다.

2, 3주 후 그녀 부부는 친구집에 저녁 식사를 초대받아 갔다. 그녀는 남편이 자기 친구에게 이런 말을 하는 것을 들었다.

"아내가 직장을 갖게 된 것이 이젠 흡족해."

불안의 원인

불안감과 자기 주장의 부족은 종이 한 장의 앞뒤 면과 같다. 불안하거나 자신감이 없기 때문에 확실한 자기 주장을 내세울 수 없고, 그렇게 확실한 자기 주장이 되지 않기 때문에 불안하고 자신이 없어지는 악순환이 되풀이된다.

불안감과 자신감의 결여라는 점을 적극적으로 대처하지 않고 소극적으로 받아들이는 사람들이 많은데, 그래서 일이 점점 복잡해지기도 한다. 불안감이 엄습해 올 때 그것이 점점 불어나도록 방치한 채 그것을 극복하고 객관적으로 보려는 노력은 하지 않는다.

이런 소극성은 남자들보다 여자들에게 많다.

아이리스 G. 포더 박사는 《여성에게 나타나는 공포증》이라는 책에서 다음과 같이 밝히고 있다.

"어렸을 때 받았던 교육이 원인이 되어 성장한 다음에도 진정한 어른이 되지 못하는 '어린아이 같은 여성'이 많다. 이와 같은 여성들은 어른으로서의 생활이나 결혼 생활이 주는 스트레스로 인해 불안감에 사로잡히고, 현실 도피를 하거나 아니면 독립적인 행동 자체를 못하고 생활을 환상으로 생각하기가 쉽다. 스트레스를 견뎌내기가 힘들어 그것을 공포감을 겪는 것으로 해결 방안을 찾는 사람도 있다. 그리고 어린애 같은 공포감에 휩싸인다든가, 어른이 되는 것이 무서워 심리적인 어린아이로 고착된다든가, 어리석으리만치 '여성적'인 역할에만 집착하여 의존적인 생활을 함으로써 자립·솔선·자기 주장 등은 완전히 포기해 버린다. 사회는 여성이 진정한 어른이 되기 위해 필요한 교육을 실시하지 않기 때문에, 이같은 여성들이 자꾸 생기게 되는 것이다."

불안과 긴장이 생기는 원인은 여러 가지가 있다.

예를 들어 당신 어머니가 암에 걸려 사경을 헤맨다고 하자. 이러한 상황에 처했을 때 맨 먼저 나타나는 반응은 절대적인 불안감이다. 그런 경우, 죄의식에 사로잡혀 그것을 최대한의 불안으로 표출시키려는 사람이 생각보다 많이 있다.

당신은 자기를 지킬 줄 아는 여자가 되겠다고 결심한다. 그러나 그 자체가 당신에게 있어서 또 하나의 새로운 경험이 된다. 그래서 자연히 또 불안감이 솟아나오게 된다.

심리적인 갈등이나 지식의 부족으로, 또 오랫동안 습관 때문에 언제까지고 불안감에 휩싸이지 않고는 다른 탈출구를 찾지 못하는 사람도 있다.

이러한 불안감을 극복하는 데는 두 가지 방법이 있다.

① 자기를 지키는 여자가 되겠다고 결심한다. 어떤 불안감이 앞서더라도 당신은 그것을 실천해야 한다.

불안감을 외면하고 오로지 행동에만 관심을 집중한다. 예를 들면 모르는 사람과 만나는 것이 쑥스럽더라도 파티에 참석한다. 이와 같은 실천을 몇 번 반복하는 동안 불안의 정도는 점차 감소된다.

② 긴장감을 극복하는 연습을 한다.

당신이 불안감에 지배당하지 않고, 오히려 그 불안감을 지배하는 요령을 숙달하는 것이 바로 '나를 지키는 것'의 목적이다.

먼저 여유를 갖는 요령을 배우면 긴장감의 정도도 줄어든다. 시카고의 심리학자 에드먼드 제이콥스 박사가 개발한 긴장을 이완시키는 방법이 가장 유명하다.

이 방법은 마치 골프를 칠 때와 마찬가지로 5~6분 동안의 연습으로 당신 자신을 이완시키는 요령을 배울 수 있다. 이것은 요가나 자기 최면법과 같이 긴장의 이완에 효과가 있다는 것이 연구에 의해서 입증되고 있다.

이 방법들은 긴장으로 뭉쳐 있던 수의근(隨意筋)을 이완시킬 뿐 아니라 호흡 작용·혈액 순환·소화 등을 담당하는 불수의근(不隨意筋)도 이완시켜 줌으로써 육체적인 긴장을 풀어 준다.

그러나 육체적인 긴장 완화는 되면서도 심리적인 긴장 완화가 되지 않는 사람도 있다.

다음은 허버트 펜스터하임 박사가 고안한 방법을 소개해 본다.

먼저 정신 세계의 사고 과정을 통제하고, 그것의 영향으로 불안감을 극복하게 되도록 고안되었다. 이 방법은 여러 가지 이미지를 상상하면서 실시한다.

사고의 긴장 완화 연습법

1단계 : 긴장감이 높아져서 완화시킬 필요가 있다고 생각될 때는 연습 문제를 녹음해 두고 언제나 청취할 수 있게 준비해 둔다.

음성이 부드러운 사람에게 부탁해서 읽어 달라고 해도 좋은데, 그때 그때마다 읽어 달라고 해도 좋겠지만, 막상 필요할 때에 언제나 사람이 옆에 있다고 장담할 수 없으므로, 녹음을 해 두는 것이 편리하다.

2단계 : 시간은 5분 정도 할애한다.

3단계 : 각 문제마다 7~10초 정도의 간격을 둔다.

4단계 : 연습할 때는 눕거나 안락의자에서 편한 자세로 깊숙이 앉는다. 누구한테도 방해를 받지 않는 조용한 장소를 택하고 전화도 가급적 피한다. 눈은 감고 있다.

5단계 : 시작 단계 이제부터 당신 자신에게

몇 가지 질문을 던진다.

대답은 짧게 '예'나 '아니오'만으로 하며, 소리를 내지 말고 마음 속으로 대답한다.

대답 자체보다도 실제로는 질문에 대한 당신의 반응 자체가 중요한 답이 된다.

◎ 눈을 뜨고 있기가 점점 힘든가요?

◎ 왼팔보다 오른팔이 더 긴장이 풀렸나요?

◎ 멀리 있는 물체를 바라보는 자기 자신을 상상해 보세요.

◎ 바다 속으로 잔잔히 가라앉는 아름다운 저녁 노을을 상상해 보세요.

◎ 석양이 지는 아름다운 풍경을 현대의 추상화가가 그린다면 어떤 그림이 될까요? 상상해 보세요.

◎ 싱그러운 딸기의 향기를 기억해 보세요.

◎ 여름에 맛보았던 아이스크림 맛을 생각해 보세요.

◎ 여름날 전원의 호숫가 풍경을 상상할 수 있습니까?

◎ 겨울날의 호반 풍경을 상상할 수 있습니까?

◎ 가을날 나뭇잎이 춤추듯 떨어져 내리는 광경을 상상할 수 있습니까?

◎ 빵이나 케이크를 구울 때 나는 고소한 냄새를 맡아본 적이 있습니까?

◎ 일곱 빛깔 무지개를 기억하십니까?

◎ 상쾌한 여름날 캠프파이어를 바라보는 광경을 당신은 상상할 수 있습니까?

◎ 발이나 무릎이 점점 무거워지고 있습니까?

◎ 당신 눈앞에는 아름다운 꽃이 있습니다. 그것을 바라보고 있는 당신 자신의 모습을 상상할 수 있습니까?

◎ 그 꽃의 향기를 맡을 수 있습니까?

◎ 당신 자신의 숨소리가 들립니까?

◎ 고요하다고 표현할 수 있는 멋진 정경을 당신은 생각할 수 있습니까?

◎ 당신의 몸이 차분하게 이완되었다는 생각이 듭니까?

(여기서 10초 동안 쉰다)

◎ 그럼 긴장을 풀고 조용히 눈을 떠보세요. 이제 연습은 이제 끝났습니다.

6단계 : 질문을 암기할 때까지 몇 번이고 반복해서 계속 연습시킨다.

중요한 일로 사람을 만나러 가기 위해 잔뜩 긴장한 채 버스를 탔을 때도 연습할 수 있어야 한다.

나를 존중하는 생활을 위하여

3

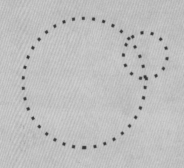

당신이 변하면 상대방도 변하게 된다. 그에
따라 당신 생각이나 기분에도 어떤 변화가
일어난다. 행동의 변화가 사고와 기분의
변화를 초래하게 되는 것이다.

스스로가 비난이라고 단정짓지 말라

다른 사람이 하는 말을 들으면 그것이 곧 당신에게 대한 비난이라고 단정하는 버릇이 없는지? 예를 들면 시어머니가 전화를 걸어서 하는 말이, 며칠 전에 누구네 집에서 점심을 먹은 일이 있는데 음식이 아주 맛있었다고 하면, 그 때 당신은 시어머니가 당신의 음식 솜씨를 간접적으로 헐뜯는 것이라고 생각한 적이 있는가?

또 남편이 "당신 친구 헬렌은 돈을 잘 버는 모양이야"라고 당신은 남편이 당신도 집안일만 하지 말고 직장 생활을 하기를 바라는 것이라고 생각하는가?

당신이 먼저 자발적으로 남에게 비판을 요구하고 있는가?

"이번 일은 정말 잘 한 거라고 생각하세요?"

"당신 진심을 말해 보세요. 내가 한 일을 어떻게 생각하는지."

이런 식으로 언제나 비판을 요구하는 습관이 있는가? 그러다가도 막상 '비판'을 받게 되면 대뜸 서운하다는 생각부터 한다.

남편에게 나는 두 번째 아내였다. 결혼한 지 얼마 안 되었을 때 나는 이런 질문을 늘어놓아 남편을 혼란스럽게 했다.

"요리 솜씨가 도리스(그의 전처)보다 나은가요?"

"도리스보다 일을 잘 하나요?"

"도리스보다 더 매력 있어요?"

나의 의식은 한 번도 만난 적이 없는 남편의 전처에게 사로잡혀 있었다. 그러나 남편은 이미 전처에게는 관심조차 없던 때였다.

내가 도리스에 관한 질문을 너무나 자주 하니까 마침내 그가 분통을 터뜨리며 이렇게 말했다.

"그래, 도리스가 훨씬 요리를 잘 해. 그녀가 훨씬 더 매력적이었어, 됐어?"

또한 당신은 다른 사람의 비판을 받아들이는 데 익숙하지 못해서 언제나 변명을 늘어놓거나 자기 방어적인 태세를 취하지는 않는가?

"그런 일은 안 해요." (부정)

"그런 방법이 좋은걸요." (방어적)

"당신의 말은 너무 지나쳐요." (상대방 공격)

비판을 기분 좋게 건설적으로 받아들일 수 있는 방법에 대해 생각해 본 적이 있는가? 그렇다면 어떤 방법이 있을까?

비판을 긍정적으로 받아들인다

① 나에게 하는 말들이 정말 비판일까 하고 신중하게 스스로에게 물어본다.

예를 들면 윗사람이 당신에게 이렇게 말한다.

"이 보고서는 아주 잘 됐어요. 옥에 티라면 문장에 약간만 더 신경 썼더라면 완벽했을 텐데."

이것은 어쩌면 단순한 사실이지, 비판은 아닐지도 모른다.

② 나에 대한 비판의 원인, 즉 그 사람이 어째서 나에게 그런 비판을 했는지 그 이유를 곰곰이 생각해 본다.

"요즘 사교 생활은 잘 되고 있니?"

만약 독신 생활을 하면서 이 남자 저 남자 가리지 않고 마구 만나는 여자한테서 위와 같은 말을 들었다면 당신은 거기에 조롱하는 뜻이 들어 있다고 생각할지도 모른다.

그렇지만 반대로 행복한 결혼 생활을 하고 있는 여자가 그런 말을 했다면 당신에게 좋은 남자를 소개하려는 듯한 의미로 들릴지 모른다.

③ 어떤 말을 듣더라도 그 즉각 자기의 '자아'에 대한 손상으로 받아들이지 않는다. 정확히 어떤 의미로 그런 말을 했는지 알아봐야 한다.

나는 평소 친하게 지내고 있는 여동생으로부터 이런 말을 들은 적이 있다.

"언니는 어째서 노상 그 쓸데없는 글만 쓰고 있는 거야?"

이 말은 나에겐 지나친 말이었다. 그렇지만 나는 그녀의 말을 표면적인 뜻만으로 받아들이지 않았다. 그래서 물었다.

"도대체 그게 무슨 뜻이니?"

그녀가 대답했다.

"언니는 전부터 프랑스 역사에 관해 본격적인 글을 쓰고 싶다고 했잖아? 난 언니가 그런 책을 썼으면 좋겠어. 언니에게는 그런 재능이 충분히 있다고."

맨 처음 그녀가 한 말 자체로 보면 충분히 적대감마저 느끼게 되지만, 실제로는 그 말의 숨은 뜻은 그녀가 나에게 가지고 있던 깊은 관심에서 우러나온 말이었던 것이다.

④ 상대방이 비판하고 싶어하는 핵심을 정확하게 포착한다.

자기의 좋지 않은 점은 어떻게 고치는 것이 좋을까? 비판받는 이유는 무엇일까?

"당신에게는 파더 콤플렉스가 있어!"

당신 남편이 당신에게 이런 말을 했다고 가정해 보자. 사실 그럴지도 모른다. 하지만 그게 어떻단 말인가? 진짜로 당신 남편이 하고 싶은 말은 무엇인가? 그 진의를 구체적으로 확인해 보는 것이 좋다.

⑤ 친한 사람에게서 받은 비판은 그 자리에서 그대로 받아들이지 말라.

예를 들어 외출했다가 어떤 불가피한 사정으로 늦게 귀가하여 남편이 퇴근할 때까지 미처 저녁 식사 준비를 못 했다. 남편은 집에 들어서자마자 화를 낸다.

"난 하루 종일 일하고 오는 사람인데, 당신은 아무 일도 안 하잖아? 저녁밥 하나 시간 맞춰 해 줄 수 없어?"

남편은 그 날따라 회사에서 기분 나쁜 일이라도 있었을지 모른다. 이럴 때는 그 자리에서 같이 화를 내지 말고 잠시 시간을 갖는 것이 좋다.

⑥ 어떤 비판을 과거에도 똑같이 들었던 적이 있는지 잘 생각해 본다. 한 가지 비판을 계속 거듭해서 듣게 될 경우는 그 비판이 올바른 것으로 인정하고, 자기의 결점을 고치도록 노력해야 한다.

⑦ 언제, 어디서 느닷없는 비판이나 비방을 들었을 때 대항하는 기술을 미리 알아두는 것이 좋다. 이 세상에는 남의 흉을 보는 것으로 자신이 우월해진다고 느끼게 됨으로써 우월감을

느끼려 하는 사람이 많다는 것을 기억하라. 그런 사람들은 자신의 가치를 높인다는 목적으로 남을 비방하는 경우도 있다.

이것을 그대로 묵인할 필요는 없다. 확고한 자기 주장으로써 대항해야 한다.

비판에 대응하는 방법

◇ 불합리하여 수용할 수 없는 비판이라고 생각될 때는 해명이라도 하듯 얼버무리지 말고 분명하게 말해 비아냥거리는 말에는 날카로운 말로 대응한다.

◇ 상대방을 변화시키려는 것이 아니라 나 자신의 기분을 회복시키는 것이다.

◇ 대응하기에 앞서 잠시 생각하는 여유를 갖는다. 나처럼 7년 간이나 기다릴 필요는 없지만 잠시 동안 생각할 여유를 갖는 것이 효과적인 답변을 생각하는 데 도움이 된다.

◇ 미리 몇 가지 답변을 준비해 둔다.

놀림을 당하고도 말이 곧바로 나오지 않아서 자기 혐오에 빠지는 여성이 흔히 있다. 즉각적으로 되받아칠 몇 가지 말을 연습해 두자.

"왜 그렇게 화를 내요?"

"나를 놀리는 거예요?"

"당신은 왜 그렇게 예의가 없죠?"

◇ '나는' '나로서는' '하지만' 등의 단어는 될 수 있는 대로 답변의 첫머리에 놓지 않도록 한다. 이러한 서두는 대개 변명처럼 들리기 쉽다.

◇ 친한 관계에서의 비판과 겨우 안면밖에 없는 세일즈맨이나 직장 동료로부터의 비판은 그 대응 방법 자체가 달라야 한다.

친한 사이에서는 반격을 가한다기보다 의사 소통을 원활히 하는 데 그 목적이 있으므로 가령 이런 식으로 표현하는 것도 무방하다.

"그 말에 나 마음상했다고." "그런 말은 엄마가 싫어한단다. 넌 왜 그런 말을 하니?"

◇ 대답은 길지 않은 것이 좋다.

다른 사람이 있는 곳에서 놀림을 당했을 때

〈예 1〉 당신의 남편·아들·시어머니, 그리고 당신, 이렇게 네 사람이 추수감사절날 친척집에서 저녁 식사 초대를 받았다.

칠면조와 감자 요리를 먹으면서 모두들 떠들썩하게 이야기하고 있었다. 이 때 갑자기 시어머니가 이런 말을 했다.

"애, 그러고 보니 너도 어지간히 아범을 쫓아다녔지?"

이 때 당신은 어떻게 대답하겠는가?

"어머닌 언제나 그런 식으로 말씀하세요, 꼭."

하고 원망하는 투로 말한다.(좋지 않은 반응)

"그 덕분에 우린 행복하게 됐어요. 운이 좋은 거죠. 그러니 어머님도 이제 안심되시죠?"(좋은 반응)

〈예 2〉 당신은 우수한 성적으로 대학을 졸업했다. 금융 기관에서 일하고 싶었는데, 현재는 공공사업단체에서 비서직을 하고 있다. 어느 날 우연히 만난 친구가 이렇게 말한다.

"애, 난 네가 비서라는 직업을 가질 것이라고는 꿈에도 생각하지 못했어."

그 때 당신은 뭐라고 대답하겠는가?

"다른 일을 하고 싶었지만 일자리가 없어서 이렇게 됐지."(좋지 않은 반응)

"그렇지만 재미도 있고 보람도 느껴. 너도 좋아하는 일을 하고 있니?"(좋은 반응)

비방이나 공격에 대응하는 법

워터케이트 사건 공청회로 그녀가 쓴 기사가 다음 날 신문에서 대서 특필됐다.

그 날 저녁 편집실에 들어선 그녀를 보고 남성인 편집장이 비아냥거렸다.

"갑자기 유명해져서 이제 큰일났군."

그녀는 즉각적으로 대답이 나오지 않았다. 집에 돌아온 그녀는 혼자말을 했다.

"그렇게 놀리지만 말고 축하나 해 주세요."

어떤 여변호사가 이런 이야기를 들려주었다. 어떤 남자가 저에게 "당신은 도무지 변호사처럼 보이지 않는군." 하고 말했어요. 그래서 나는 "당신도 변호사처럼 보이지 않는데요" 하고 쏘아주었죠.

악의 없이 냉정하게 대하는 법

살아가다 보면 부모나 친구들로부터 예기치 못하게 한방 당하는 일이 생기기도 한다.

〈예 1〉어머니 : "넌 왜 빨리 결혼하지 않니? 아무리 기다려 봐야 나이만 먹을 뿐인데."

"엄마, 걱정되시는 건 알아요. 그렇지만 걱정 마세요. 잘 될 거예요."

"엄마 생각엔 결혼이 중요할지 몰라도 난 그렇지 않아요. 전혀 아무렇지도 않으니까."

〈예 2〉친구 : "넌 왜 결혼하지 않니?"

"난 재수가 좋아서그래."

〈예 3〉결혼한 친구 : "남자 친구들은 많이 있니?"

"지겹게도 많단다. 많기는 하지만 숫자가 문제겠니?"

〈예 4〉어머니 : "하루 종일 밖에서 일하고 온 남편은 집 안에서 아내가 조금만 소홀하면 바람을 피우기 쉽단다."

"엄마, 난 이 생활에 만족하고 있어요. 내 생활은 내가 책임지겠어요. 나는 그렇다치고 엄마 생활은 어때요?"

놀림을 받았을 때의 방법?

어떤 파티에서 심술궂은 어떤 노신사가 곁으로 다가오더니 넌지시 말한다.

"당신 얼굴색과 그 입술 색깔은 어울리지 않는군요."

"어머, 어울린다고 생각했는데……"(좋지 않은 반응)

"무슨 얘기세요? 입술 색깔은 이런 빛깔이 어울린다고요. 내가 옛날의 할머니로 돌아갈 수야 있겠어요?"(심술궂은 놀림에는 대답이 제격이다.)

간접적으로 공격받았을 때

〈상황 1〉: 직원 회의에 남자가 여섯 명에다 부장(남자)이 모였다.

부장은 당신에게 커피를 준비해 달라고 부탁한다. 언제나 당신에게만 커피 부탁을 하는 부장의 태도가 불만이다. 어떻게 할 수 있나?

〈상황 2〉: 같은 직장에서 오랫동안 함께 일해 온 남자와 데이트를 해왔는데, 성관계만은 거절해 왔다.

어느 날 밤 당신은 마침내 그에게 허락했다.

일이 끝나자 남자는 당신에게 말했다.

"당신과 사귀는 건 이제 끝내고 싶은데……"

이럴 때 당신은 어떻게 하겠는가?

먼저 〈상황 1〉의 대응 방법

나와 의견이 다른 사람들은 물론 많이 있다. 그러나 남자들에게는 무조건 잠자코 있지만 말고 확실한 말을 해 두어야만 자기가 부당하다는 것을 깨닫게 될 수도 있다.

만약 내가 그런 경우에 있었다면 일단 커피를 끓여 가지고 부장 자리에 가서 이렇게 말할 것이다.

"분명히 말씀드리지만, 커피는 반드시 여자직원만 끓이라는 법이 없어요. 이제부턴 전직원이 돌아가면서 준비하는 것이 좋겠습니다."

부장은 꼭 당신을 괴롭히기 위해서 그랬다기보다는 아직까지 그 부당성을 깨닫지 못해서 그랬을지도 모른다.

〈상황 2〉의 대처 방법

실제로 그런 경험을 한 여자가 있다. 그녀는 1주일 내내 울면서 지냈다.

"너무너무 커다란 충격이었어요. 난 자기 주장 같은 건 생각도 못 했죠. 그렇지만 나를 지키겠다고 생각한 지금은 이렇게 말할 자신이 있어요. '당신 같은 사람은 인간이 아니에요. 난 당신 같은 사람이 불쌍하다고 생각해요. 유감 천만이군요!' 그리고 그를 내쫓을 거예요."

이 두 가지 사례는 초보자에게 적합한 것이다. 자신감이 생기면 점차 독창적인 방법도 연구할 수 있다.

윈스턴 처칠의 일화는 전설적이라고 하겠다.

보어 전쟁에서 포로가 된 그는 남아프리카 연대에 입대하였다. 그 때부터 그는 수염을 기르기 시작했다. 어머니의 친구가 이것을 보고 말했다.

"얘, 네가 마치 정치가처럼 거드름을 피우고 수염을 기르는 건 차마 눈뜨고 볼 수가 없구나."

그러나 처칠은 침착하게 대답했다.

"아주머니, 내가 어떻게 하든지 아주머니한테는 아무 상관도 없는데 왜 그렇게 신경쓰시는지 이해할 수 없군요."

다른 사람을 칭찬하는 말을 많이 알아둔다.

여성의 아름다움을 증대시키는 데는 화사함과 더불어 표정의 풍부함도 포함된다.

다른 사람의 비판을 듣는 데는 익숙해 있으면서 칭찬을 진실로 받아들일 줄 모르는 여성도 있다. 그 원인은 무엇일까?

칭찬을 들었을 때 막상 무슨 답변을 해야 할지 모른다는 것도 그 이유 가운데 하나이다.

"당신 오늘은 너무나 아름답군."

"제인이 당신 칭찬을 하더군."

하고 남편이 말했을 때 무슨 말을 해야 할지 몰라 급히 다른 대화를 찾느라고 혼이 났다고 고백하는 여성이 많이 있다. 게다가 '너무나 아름답다'는 칭찬의 말을 조롱으로 받아들이는 여성도 있다.

상대방은 진심으로 칭찬하고 있는데도 그것을 솔직하게 상대방 마음으로 받아들이지 못하고 도리어 부끄럽게 여기는 것이 예의라고 생각하는 여성도 있다. 그렇지 않으면 칭찬을 받고도 애써 그것을 사양하지 않으면 안 된다고 생각하는 여성도 있다.

그러나 칭찬을 받았을 때는 그것을 겸손하고 당당하게 받아들이는 방법도 알아두는 것이 좋다.

① 말뿐만 아니라 몸짓이나 표정도 고쳐야 한다. 상대방의 눈을 똑바로 바라보도록 하고, 머리나 몸을 흔들거나 돌리지 않도록 한다.

② 입으로 어물어물하거나 고개만 끄덕이지 말고 확실한 말로써 표현한다. 간단 명료하게 "고맙습니다"라고만 해도 좋지만, 진지하게 한두 마디 덧붙인다면 서로 대화의 폭도 그만큼 넓어진다. 이 때 '나'라는 대명사를 사용하는 것이 좋다.

몇 가지 예를 들기로 한다.

〈상황 1〉 데이트를 하는 상대자가 하는 말.

"오늘 밤 너무나 아름다워."

"이건 몇 년 전부터 입던 낡은 옷인걸요."(칭찬을 사양하는 태도. 좋지 않다)

"고마워요, 나에게 어울릴 것 같아 준비한 거예요. 그래서 그렇게 보이겠죠."(좋은 반응)

〈상황 2〉 유능한 동료한테 이런 말을 들었다.

"보고서를 아주 잘 썼어요."

"분량이 적어서 별로 힘들지 않았어요."(좋지 않은 반응)

"고맙습니다. 특히 당신한테 칭찬을 받게 되어 기뻐요. 레섬 연구에 관한 대목은 어땠어요? 아주 좋은 경험을 했다고 생각해요."(좋은 반응. 이렇게 자기의 생각을 말함과 동시에 상대방의 생각도 물어본다.)

〈상황 3〉 7시 반에 만나기로 약속한 당신의 데이트 상대자가 1시간이나 늦게 와서 어색하게 칭찬을 한다.

"미안해, 그러고 보니 오늘밤은 아주 예뻐졌는걸."

"전화라도 할 수 있었잖아요?"

"고마워요. 그렇지만 한 시간 전에는 더 예뻤어요."

"미안하니까 칭찬으로 무마하려는 거겠지만 소용없어요."

위의 대답들은 오늘밤은 당신 기분이 좋지 않은 것으로 착각하여 상대방의 기분까지 불쾌해져 자칫 데이트를 망치게 된다.

"칭찬해 주셔서 고마워요. 하지만 도대체 무슨 일이 생겼나 해서 걱정되었어요."(좋은 반응)

칭찬의 말을 솔직하게 받아들인다는 것은 상대방의 말을 존중한다는 뜻이기도 하다.

인간이란 본래 다른 사람의 말에 무척이나 신경을 쓰는 존재라는 것을 명심하라. 언제나 솔직하고 정직한 반응을 보이는 것이 좋다.

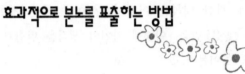

효과적으로 분노를 표출하는 방법

여성은 어릴 때부터 자신의 감정을 웬만하면 참고 숨기라는 교육을 받고 자란다.

"용서하고 잊어라."

"모른 척해라."

"가정의 평화는 여자가 지키는 것이다."

"우선 마음을 가라앉히고, 그 다음에 이야기해라."

"계집애는 싸움을 해선 안 된다."

그 결과 두 가지 유형의 여성이 생겨났다.

〈A타입〉무슨 일이 있어도 절대로 화를 내지 않는 여성.

"남자는 본래 공격적이야. 남자는 과격한 감정을 표현해도 괜찮아."

A타입의 여성은 이런 생각을 하고 체념한 듯 산다. 언제나 입술을 깨물며 말없이 복종할 따름이다. 그래서 화가 나도 스

스로 외면한다.

〈B타입〉 분노를 잘 표현하지 못한다는 점에서는 A타입과 마찬가지다. B타입의 여성은 평소에는 웬만해서 화를 내는 법이 없다. 그러나 어느 날 동료나 친구하고 이야기를 주고받다가 갑자기 화를 내서 앞뒤 가릴 새도 없이, 감정을 폭발시키고 만다. 그 결과 그녀들은 스스로 무서운 자기 혐오에 빠지게 되어 주위의 사람들을 기대하게 된다.

이 두 가지 유형은 물론 극단적인 예라 할 수 있다.

자기를 지킬 줄 아는 사람이라면 자기의 권리를 지키는 방편으로 남들이 당신의 권리를 짓밟거나, 당신의 뜻하는 바를 가로막거나, 자존심에 손상을 입힐 때는 솔직하게 자기의 감정을 표현하는 기술을 알아두어야 필요가 있다.

단순히 분노를 폭발시키는 것은 자기를 지키면서 그 상황에 적절한 화를 내는 것과는 다르다. 이 점을 잊어서는 안 된다. 자기를 지킬 줄 아는 사람은 자기의 분노를 어떤 식으로 표현해야 할지에 대해 주위 사정을 잘 고려하여 결정할 줄을 안다. 이런 의미에서 볼 때 자기를 지킬 줄 아는 사람의 분노는 냉철한 분노라고 할 수 있다.

아이자크 루빈 박사는 다음과 같이 말했다.

"이제까지 분노는 위험하고 너무 강한 정서라고 가르쳐 왔으나, 그것은 잘못이다. 지금까지는 화를 내면 다른 사람의 사랑도 받지 못하고 자기 혐오에 빠지며, 결국 남의 혐오감도 사게 된다고 생각해 왔다. 그러나 사실은 그와 반대이다. 위험한 것은 오히려 분노를 억제하는 것이지 분노의 표현이 아니다.

게다가 모든 사람의 호감을 산다는 것이 도대체 가능한 일인가? 그렇다고 언제나 화를 내지 않는 사람이라고 다 좋을 수 있겠는가? 그러한 사람이 오히려 혐오를 받게 되는 것이 현실이다."

분노를 억누른 채 참고만 있으면 정신적으로나 육체적으로 여러 가지 장해가 나타나게 된다.

〈억화병〉 : 이것은 주위의 상황에 대해 완전히 무력한 자기 자신에 대한 분노의 일종이다. 급기야 자살할 수도 있다.

〈감정 전이(轉移)〉 : 분노의 원인을 정확하게 알지 못하여 엉뚱한 곳에 발산시킨다.

예를 들면 칵테일 파티를 열고 사람들을 초대했으나 파티가 잘 진행되지 않는다. 파티가 끝나면, 모든 책임을 남편에게 전가시키고 들볶는다.

〈끈질긴 싸움〉 : 도대체 무엇 때문에 화가 났는지 모른다. 분노의 표현이 목적이 아니라, 남을 공격하는 것이 목적으로 되어 버린 것이다. 분노 그 자체에 휘말려 자기 자신을 억제하지 못한다.

〈화를 잘 낸다〉 : 아무것도 아닌 사소한 일로도 화를 내거나, 몇 해 전에 있었던 일을 들추어내어 끊임없이 잔소리를 늘어놓는다.

〈심신의 장해〉: 분노의 억제가 원인이 되어 정신 불안·불면증·위궤양 등이 생긴다.

분노는 남자 뿐만이 아니라 누구에게나 일어나는 정서이다. 앞으로는 여성도 분노에 관한 연구를 하여 여성에게도 화를 낼 권리, 분노를 잘 표출시킬 권리가 있다는 사실을 각성시켜야 한다.

나를 지키면서 화내는 연습

① 나는 왜 화를 내지 못하는가 하고 스스로에게 물어본다.
'이런 말을 하면 상대방의 기분을 상하게 할 테니까.'
'화를 내면 공격적인 행동이 되므로 사람들이 나를 여성답지 못하다고 생각할 것이다.'
이런 이유는 지금까지 배워 온 데 익숙하여 자기를 지키는 방법을 실천할 용기가 없는 사람의 핑계에 불과하다. 화를 내지 못하는 핑계만 찾으려 하지 말고 능숙하게 화를 내는 연습을 해보라.

② 분노하는 목표를 정한다. 그리고 어떻게
화를 낼지 그 유형을 정한다.

A. 화내는 방법

◎당신은 화를 내지 않는 타입인가?

◎지나치게 화를 잘 내는 타입인가?

◎며칠, 몇 달, 아니면 몇 년 후에 화를 내는 타입인가?

◎화를 내지 않을 때의 표정이나 몸짓은 어떤가?

◎화를 내더라도 상대방의 귀에 들리지도 않게 입속으로 중 얼거리는 타입인가?

◎화를 낼 때 엎드리거나 아니면, 땅바닥에 눈을 내리까는 타입인가?

◎분노의 책임을 남에게 전가하는 타입인가?

당신의 반응이 어떤가 하는 것은 당신이 책임져야 할 사항이다. 분노를 표출할 때는 당신의 감정이 연유된 상대방의 행동을 결부시켜 표현하는 것이 중요하다. 예를 들면,

"당신이 언제나 바지를 방바닥에 벗어 놓기 때문에 화가 난 거예요."

B. 상황이 어떠할 때 주로 화를 내는가?

◎직장인가? 그렇다면 좀더 세부적으로 동료한테 화를 내는가, 부하 직원한테 화를 내는가, 그렇지 않으면 윗사람한테 화를 내는가?

◎개인적으로 화내는가?

택시 기사한테 번번이 화를 내는 사람이 있는가 하면, 완전히 무시해 버리는 사람도 있다.

◎친구나 아는 사람한테 화내는가?

별로 친하지 않는 사람에게는 화를 내면서도 친한 사람에게는

화를 내지 못하는 사람, 또는 그 반대인 사람도 있다.

◎사교적인 모임에서 또는 여러 사람이 모였을 때는 화를 내
면서도, 개인적으로 만나서는 화를 내지 못하는 사람인가?

◎가족끼리 화를 내는가?

남편이나 애인이 아닌 다른 사람에게는 화를 내지 못하는 여
성에게 이유를 물어보았다.

"내가 아무리 화를 내도 남편은 날 버리지 않을 거라고 생각
하기 때문이죠."

이런 여성은 자기가 사랑하는 사람을 언제나 고달프게 만들고
있는 셈이다.

당신이 화를 내는 방식을 생각할 때 아울러 하루 중에서 어
느 때 비교적 화를 잘 내는지 생각해 보는 것도 좋다.

③ 여성도 화낼 권리가 있다는 것을 명심한다.

"남자들은 원래 싸워야 해."

남자들은 이렇게 배워 왔지만 여자들은 그렇지 않다. 그렇지
만 이제부터 여자들도 배우면 된다. 화를 낸다고 해서 반드시
폭력을 휘두를 필요는 당연히 없다.

④ 분노를 직접적으로 표현하라.

입을 쑥 내밀고 말없이 앉아 있을 뿐 무엇 때문에 화가 났는
지 말을 하지 않는다. 분노의 이유를 분명하
게 표현하지 못하고 그저 속상하다는 말만 한
다든가 비난의 소리만 늘어놓는다.

무엇이 미심쩍은 것인지, 무엇이 마음에 들지 않는지 확실히 알지 못하고 불쾌한 기분에만 사로잡혀 있는 경우다.

예를 들어보자. 당신이 당신 친구 가운데 서로 모르던 두 사람을 소개시켜 주었다. 그들은 서로 마음이 맞아서 친구가 되었다. 그러나 두 사람은 그런 사실을 당신에게 말도 하지 않았다면? 말하자면 당신은 따돌림을 당한 경우다.

이런 사실을 우연히 알게 된 당신은 자존심이 상해 분노에 떨게 된다. 그러나 직접 화를 내지는 못하고 그 중 한 친구에게 이렇게 비꼬듯 말한다.

"얘, 너 노마하고 아주 단짝이 됐다며? 너희 두 사람을 소개시켜 준 게 영광이구나."

⑤ 분노감이 느껴지면 그 즉시 솔직하게 표현하도록 한다. 이 방법이야말로 그 후에 생길 수 있는 악영향을 예방하는 최선의 방법이다.

최근에 있었던 일이다.

나는 잡지 《세븐틴》에서 함께 일했던 친구 로이스와 점심 식사를 같이했다. 한참 기분 좋게 이야기를 하던 중에 갑자기 그녀가 물었다.

"진, 10대 소년의 문제를 잘 알고, 유명한 심리학자들과도 친분이 있는 사람으로 이 방면의 글을 써줄 사람이 어디 없을까?"

나는 심리학 분야의 글을 여러 잡지에 기고했었고, 또 이 방면에 관한 저서도 있으며, 미국 심리학회에서 수상한 경력도 있다는 이야기를 방금 하고 있는 중이었다. 따라서 그런 말을 하는 그녀의 무관심에 놀라지 않을 수 없었다. 마치 프로듀서가 기록 영화 작가에게 "우수한 기록 영화 작가를 한 사람 소개해 주세요." 하고 말하는 것과 같았다.

그 때 나는 뭐라고 말했을까?

"그런 질문은 나에 대한 모욕으로 들려. 다른 사람한테나 물어보시지."

이렇게 말하지 못했다. 나는 그녀에게 여섯 사람의 이름을 친절히 가르쳐 주었다. 그러나 나는 이러한 나 자신의 소극성에 화가 났다.

6개월 후 어느 파티에서 그녀를 만났을 때 나는 냉랭한 인사를 던졌을 뿐 그녀를 무시해 버렸다. 단지 그뿐이었다. 아무 말도 하지 않았다. 아마 로이스는 자기가 무슨 잘못을 했는지 모르고 있을지도 모른다.

자기의 불만을 즉석에서 표현하지 못한 결과로서 나는 귀중한 친구를 잃게 된 것이다.

⑥ 화가 났을 때는 말씨가 거칠거나 언성이 높아져도 무방하다. '여성적'이고 어쩌고 하는 말 따윈 잊어야 한다. 탁자를 두드리거나, 고함을 지르거나, 그 밖에 어린 시절 어머니가 '여자가 해서는 안 되는 것'이라고 일러주던 행동들을 해도 무방하다.

어떤 여성에게서 이런 말을 들었다.

"언제, 어떤 경우에 큰 소리를 내야 할지 모르겠어요."

'언제, 어떤 경우'라 하는 것은 상대방이 친밀한 사이인가 아니면 단지 직장 동료에 불과한가에 따라 달라지는 경우이다.

전자의 경우는 분노를 어떤 식으로 표현하든 의사 소통에 문제가 되지 않지만, 후자의 경우에는 역효과를 낼 수가 있으므로, 후자의 경우에는 큰 소리는 내지 않는 것이 좋다.

화를 낼 때는 얼굴 표정도 따라야 한다.

심리학 관계의 작은 모임에서 만난 어떤 여성은 분노를 입으로밖에 표현하지 못했다. 그녀는 얼굴에 엷은 웃음마저 띠우고 의자에 앉아서 화를 내고 있었다.

"내 세계는 당신과 달라요. 당신이 하는 일은 모두가 별볼일 없는 거라고요."

그녀는 좀더 강렬하게 화가 난 표정을 짓고, 몸을 꼿꼿하게 하여 상대방을 쏘아보고 화를 내는 것이 좋겠다는 충고를 받았다. 그 결과, 그녀를 상대하는 사람 오히려 마음이 홀가분해져서 침착성을 되찾게 되었다.

⑦ 자기의 분노를 잘 표현하는 기술을 아직 습득하지 못한 사람은 다음과 같은 말이 도움될 것이다.

◇ 영화나 텔레비전에서 연기자들의 화내는 장면을 자세히 관찰한다.

다음에는 어떤 실제의 상황을 설정해 놓고 친구들을 상대로 '화난 여자'의 역할을 연습한다. 그렇게 연습하면 분노에 대한 공포감이 사라지고 실제 생활에서도 분노를 자신 있게 표출할 수 있게 된다.

◇ 분노를 모니터한다.

분노를 표출했으면, 그 다음 당신이 사용한 말을 메모해 두고 1시간쯤 후에 다시 읽어보면서 좀더 효과적인 표현 방법이 없는지 생각한다.

◇ 친한 친구 사이에 사소한 일로 기분이 상하게 되었을 때, 만약 분노를 제대로 표현하지 못했을 경우 자기의 생각을 숨김없이 편지로 쓴다.

같은 방법으로 상대방도 편지를 쓰도록 하고 같이 만나서 편지를 교환하여 그 자리에서 읽어본다. 그 다음 편지의 내용에 관한 이야기를 주고받는다. 그렇게 하면 서로의 오해가 풀릴 수 있고, 반대로 절교하자는 결론이 나올 수도 있다.

그럼으로써 어떤 경우로든 문제는 깨끗하게 해결될 것이다.

◇ 화를 낸 결과 긴장도가 올라가고 마음의 안정이 되지 않는다면 신체적인 운동을 해서 기분 전환을 해야 한다. 가령 분노를 터뜨릴 대상이 멀리 떠나 있어 만날 수 없을 경우에도 유효한 방법이다.

먼저 솜방망를 두 개 준비한다. 방망이로 상대방을 두들기는 방법으로 친구와 함께 시합을 하는 것이다. 당신이 "Yes!" 하고 소리치면 상대방은 "No!" 하고 소리친다. 시합 시간은 3분이다. 타이머를 사용하면 더욱 좋다.

⑧ 분노를 이겨낸다.

자기를 지키는 초보적 단계에서는 우선 분노를 표출시키는 것이 중요하지만 점차 발전을 거듭하게 되면 도리어 분노를 이겨내게 된다.

나는 시어머니의 태도 때문에 가끔 분노를 느끼는 일이 있었다. 그녀는 시도 때도 없이 내 상대자, 즉 여동생이나 사촌, 또 남편의 전처 등의 편을 드는 버릇이 있다.

그러나 그녀는 노인이고 시간이 갈수록 노쇠해 가고 있다. 그녀가 내게 중요하며 더 이상 다투고 싶지 않은 사람이라는 생각을 하였더니 기분은 도리어 맑아지기 시작했다.

⑨ 분노를 표출시키거나 억제하는 것만으로 자기를 지키는 일이 끝나는 것은 결코 아니다. 때로는 상대방을 격려해 줄 필요도 있다.

이런 일이 있었다.

어느 날 내 상사가 나에게 호통을 쳤다. 나는 일부터 열까지 속으로 차근차근 헤아린 다음 말했다.

"미스 핀치, 혹 무슨 일이 있습니까? 그렇지 않다면 나에게 그런 말씀을 할 리가 없는데요……."

그러자 그녀의 눈에 갑자기 눈물이 가득 고이기 시작했다.

"사실은 사랑하는 내 딸 메이가 암으로 죽었어요. 진, 날 이해해 줘요."

잠시 후 그녀는 말을 이었다.

"하지만 당신은 관계 없는 일이죠. 미안해요. 내가 한 말은 잊어줘요."

사교 생활을 적극적으로

이렇게 말하는 여성을 흔히 볼 수 있다.

"나 혼자서는 파티에 가기 싫어요. 다른 사람에게 다가가서 말을 건넬 자신이 없어요."

"아아, 따분해. 언제나 똑같은 사람만 만나야 하다니……."

"대도시에 나와서 일자리는 찾았지만 남자 친구 하나 없으니 재미가 없어."

사교 생활이 원만하게 진행되지 못하는 원인은 무엇인가?

생활의 권태감을 벗어나 낯선 사람에게 말을 걸거나 다른 사람과 어울리는 기술을 배우지 못했기 때문이 아닐까? 아니면 어린 시절에는 그것을 배웠지만 나이를 먹어감에 따라 나태해져서 그것을 이용하지 않게 된 건 아닐까? 그것도 아니라면 당신의 생각에 오류가 있는 건 아닐까?

"그렇게 품위 있는 부부를 우리 집에 초대하겠다면 거절당하기 십상이지. 얼마나 창피한 일이야?"

거절당하면 창피하다 생각하고, 무엇이든 실패하면 큰일이라고 생각하기 전에, 당신 스스로 어떤 일을 적극적으로 해 보고 싶지는 않은가? 자기 자신을 잘 표현하지 못함으로 해서 다른 사람과의 교제가 원만하지 못하고, 겉치레적인 사교에 그치는지도 모른다. 아니면 반대로 너무 지나치게 개방적이어서 남들이 일부러 기대하려 하는지도 모른다.

혹시 당신은 결혼하자마자 줄곧 집 안에만 틀어박혀 남편만 상대하고 있는 여성은 아닌가?

이 세상 누구라도 로빈슨 크루소 같은 생활을 원하는 사람은 없을 것이다.

누구라도 즐겁고 변화 있는 사교 생활을 원할 것이다.

함께 식사할 친구, 함께 여가를 즐길 친구, 밤에도 만나서 이야기할 수 있는 친구, 1년에 한 번씩 만나 점심을 함께 하는 동창생 등등 그때 그때의 필요와 변화에 따라 당신의 성장에 도움이 되고, 당신에게 안정감을 가져다 줄 사람이 누구에게든 필요하다.

나를 존중하는 생활을 한다

우선 다음과 같은 질문에 대한 답을 준비한다.

① 최근 2, 3주일 동안 당신은 점원이나 직장 동료 이외의 사람에게 말을 붙여본 적이 있는가?

② 어린 시절에 사귄 친구말고도 성인이 되어 사귄 친구는 많은가?

③ 여자는 쉽게 사귈 수 있지만 남자는 잘 사귀지 못한다는 생각을 해 본 적이 있는가?

④ 반대로 남자와는 잘 사귀지만 여자와는 그렇지 못한다는 생각을 해 본 적이 있는가?

⑤ 남이 말을 걸어오거나 무슨 부탁을 해올 때까지 기다리는

가, 아니면 자발적으로 책임 있는 일을 맡으려 하는가?

⑥ 주위에 아는 사람은 많지만 친구는 적지 않은가?

⑦ 혼자 파티에 참석했을 때 남들과 잘 어울릴 수 있는가?

⑧ 파티에 참석했을 때 남들과 어울리지도 못하는 자신이 부끄러워 차라리 집에 가서 책이나 보는 것이 낫겠다고 생각한 때가 있는가?

⑨ 남자와 사귈 때 당신은 자기의 생각을 스스럼없이 표현할 수 있는가?

⑩ 어떤 모임에 가입하여 적극적으로 이야기하거나 새로운 인간 관계의 폭을 넓히려는 노력을 하고 있는가?

위의 대답을 잘 검토해서 보다 사교적인 생활을 위한 장기적인 계획을 세우도록 한다.
◇ 사교 생활의 폭을 넓힌다.
◇ 어른이 된 현재의 당신에게 어울리는 새 친구를 사귄다.
◇ 남자·여자·부부 등등 그 어떤 상대라도 자연스럽게 사귈 수 있는 능력을 기른다.
◇ 표면적인 교제에서 시작하여도 친밀한 인간 관계로 발전시킨다.

◇ 거절당할 것 같은 두려움을 버리고 용기를 내어 적극적으로 대시한다.

◇ 유용한 사교 생활을 위해서 자기 자신을 개선하도록 한다.

이상과 같이 하려면 어떻게 하는 게 좋을지 몇 가지 방법을 들어 생각해 본다.

① 사람을 만날 수 있는 장소로 간다.

멍하니 버스를 기다리는 동안에도 일은 일어날 수 있다. 우선 정류장으로 가서 버스를 기다린다. 단순히 버스 정류장만이 아니다. 당신의 상대자가 자주 가는 커피숍이나 레스토랑도 예외일 수는 없다.

캘리포니아 대학의 아이린 갬브릴 박사와 체릴 린치 박사가 만든 목록을 보고 문항들을 하나하나 풀어보면 어떤 방법이 떠오를 것이다.

활 동 내 용

□에 ∨채크 해 주세요

①외국어·수예·요리·역사 등을 가르치는 성인반 클래스에 나간다.
                  지금하고 있다 □　해보고 있다　□

②이따금 커피숍에 가서 커피를 마신다.
                  지금하고 있다 □　해보고 있다　□

③연주회·연극·발레·영화·강연 등 문화 행사에 참석한다.

지금하고 있다 ☐   해보고 있다   ☐

④교회 행사에 참석한다.

지금하고 있다 ☐   해보고 있다   ☐

⑤집단적인 자원 활동(정치 운동·모금 운동·지역 사회 활동 등)에 참가한다.

지금하고 있다 ☐   해보고 있다   ☐

⑥취미 모임(사진·원예·독서 등)에 참가한다.

지금하고 있다 ☐   해보고 있다   ☐

⑦여럿이 모여 악기를 연주한다.

지금하고 있다 ☐   해보고 있다   ☐

⑧포크댄스·스퀘어댄스·디스코 등 댄싱 파티에 참가한다.

지금하고 있다 ☐   해보고 있다   ☐

⑨골프·수영·테니스·볼링·승마 등 스포츠 모임에 참가한다.

지금하고 있다 ☐   해보고 있다   ☐

⑩학교 자모회나 환경 문제 모임, 대학 동창회 등 특별 활동 모임에 참가한다.

지금하고 있다 ☐   해보고 있다   ☐

⑪파티에 참석한다.

지금하고 있다 ☐   해보고 있다   ☐

⑫친구나 아는 사람을 방문한다.

지금하고 있다 ☐   해보고 있다   ☐

⑬그 밖의 활동, 구체적인 활동의 명칭을 적는다.

지금하고 있다 ☐   해보고 있다   ☐

사람들을 많이 대하는 사교 활동에서 당신은 어려움을 겪고 있지 않은가?

사실은 춤을 추고 싶은 데도 남들의 시선이 이상하게 볼까 두려워 문화적인 행사에 참석해서도 얌전하게 앉아 커피만 홀짝거리고 있지는 않은가?

전에는 친한 사람들끼리 조직한 오케스트라에 참가해서 악기를 연구한 적이 있으면서, 지금은 그것을 그만두고 있지는 않았나?

활동하고 싶지만 참여하는 법을 몰라 고민하는 일은 없는가?

위의 목록을 참고하여 지금까지 하고 싶었던 일이나 오랫동안 하지 못했던 사교 활동을 시도해 보자.

그리고 새로운 장소에 진출하는 모험도 조금씩 시도해 본다. 커피숍이나 레스토랑 같은 데도 들어가서 음료수를 시키고 앉아 얼마 동안 손님들을 관찰한다. 하이킹에도 참가하며, 브리지 교실에도 다니고 자원 활동 모임에도 참가해서 당신이 할 수 있는 일이 있는지 알아본다.

연주회에도 참석한다. 20분 동안의 휴식 시간을 이용하여 여기저기 다니면서 각계각층의 사람들을 만나는 기회를 많이 갖도록 한다.

무슨 일이라도 좋으니 일단 시도해 본 다음, 당신이 어느 정도의 활동력을 갖고 있는지 스스로 체크한다.

물론 그런 곳에 참석한다는 것만으로는 충분하지 않다. 가능한 많은 사람들과 이야기를 나누어 보는 것이 중요하다.

② 사교 생활을 넓힌다는 숙제를 자기 자신에게 부과한다.

지나치게 수줍어하는 35세 된 어느 여비서는 남자들과 좀더 자유로운 대화를 나눌 수 있도록 자신을 변화시키기 위해서 다음 4단계의 과제를 자신에게 부과했다.

◇ 두 남자를 선택하여 좀더 이야기를 자연스럽게 주고받을 수 있게 한다. 간단한 인사에서 시작하여 본격적인 대화를 할 수 있도록 한다. 그녀는 용기를 내어 독신 남성을 택했다.

◇ 좀더 발전시켜 함께 커피를 마실 정도로 친한 사이가 되도록 한다.

◇ 마침내 함께 영화를 보러 갈 정도가 된다.

◇ 다음에는 저녁 식사에 초대한다.

③ 언제나 새로운 접촉을 하겠다는 마음가짐을 갖는다.

이유 없이 불안해지거나, 자기 억제가 너무 강하거나, 지나치게 소극적이거나, 사람들과의 접촉을 멀리 하는 사람들이 있다. 이런 사람들은 특히 자기를 지키는 힘이 약한 사람들이 많다.

이런 사람들이 노력하는 한 가지 방법은 오랫동안 만나지 못한 사람들을 생각해 내어 점심이나 저녁 식사를 같이하자는 약속을 한다.

사실 남편과 결혼하게 된 것도 내가 남편보다 더 적극적으로 행동했기 때문이다.

우리 두 사람이 처음 만난 것은 3월이었다. 우리는 레스토랑에서 멋진 저녁을 함께 보냈다.

"이제부턴 강연회가 연이어 있어서 얼마 동안 만나지 못할 것 같아요."

그 후 그에게서는 아무런 연락이 없었다.

11월이 되자 나는 우리 집에서 프랑스 요리로 뷔페 파티를 열기로 했다. 독신 남자 손님이 조금 더 있었으면 좋겠다고 생각되어 나는 나에게 남편 허브를 소개해 준 남자에게 전화를 걸었다.

"그 심리학자는 아직도 잘 있습니까?"

나는 물었다.

"물론이죠."

"요즘 사귀고 있는 여자 친구가 있는지요. 우리 집 파티에 초대하고 싶어요. 독신 남성이 조금 더 있으면 좋겠거든요."

"직접 연락해 보시죠. 안 돼도 그만이지 않습니까?"

나는 잠시 망설였다. 그러나 용기를 내어 다이얼을 돌렸다. 허브는 기꺼이 나의 초대에 응해 주었다. 그는 파티에 왔다.

그리하여 우리 두 사람의 로맨스는 점차 발전을 거듭하게 되었고, 7개월 후에는 나란히 주례 선생님 앞에 설 수 있었다. 나는 남편에게 물어보았다.

"만약 내가 그 때 전화를 하지 않았더라면 나중에라도 당신이 전화를 했을 것 같아요?"

그는 웃으면서 대답했다.

"아마 하지 않았을걸."

④ 여자들과의 교제도 폭을 넓힌다.

여자들끼리는 상황이 비슷하기 때문에 서로 의지할 수 있으며 이야기도 잘 통하고, 여성의 권익을 위해서 서로 단결하고 서로간에 자기를 지키는 힘을 높여줄 수 있다.

⑤ 상대방을 잘 대접한다.

당신이 남을 초대하지 않는다면 상대방도 당신을 초대하지 않는 것은 당연하다. 남을 적극적으로 대접한다.

식기나 유리그릇에 대한 투자를 조금만 더 하고 몇 가지 자신있는 요리법을 배워둔다. 집에서 파티를 열지 않을 때는 자주 다니는 레스토랑에서 조그만 회식을 여는 것도 좋다.

⑥ 다른 사람들도 당신과 똑같은 문제를 안고 있다는 사실을 잊지 않도록 한다.

'나는 남들에게 거절당하고 있어' 하면서 자기 멋대로 단정하고 있는 사람들이 많다.

내가 《세븐틴》지에 근무하던 당시 나와 무척 친하게 지내던 친구가 있었다. 그러나 회사를 그만둔 다음부터 그녀와의 연락이 끊어졌다.

나는 무척 화가 났다. 그렇게 친한 사이였는데 회사를 그만두었다고 이렇게 냉정할 수 있을까 하는 생각이 들었다. 그 때 남편은 이런 말을 했다.

"당신이 먼저 전화를 해서 혹시 무슨 일이 있었는지 직접 알아보지?"

그래서 전화를 해 보았더니, 그녀는 회사를 그만두자마자 교통사고로 심한 골절상을 입고 3개월 동안이나 자리에 누워 있는 중이라고 했다. 나는 내 생각이 얼마나 어리석은 것이었는지를 새삼 느꼈다.

다음 언젠가 뉴욕 시립 미술관에서 주최한 칵테일 파티에 참석했을 때 있었던 일이다.

나는 6시에 한 친구를 그 곳에서 만나기로 했다. 그러나 그녀는 시간이 지나도록 나타나지 않았다.

나를 뺀 다른 손님들은 모두가 하나같이 오손도손 모여서 즐거운 이야기들을 주고받고 있었다.

나는 고등학교 때 있었던 댄스 파티를 생각해 내고는 칵테일이 든 컵을 손에 든 채 태연하게 용기를 내어 '나를 내세우는 행동'을 해 보리라 생각했다.

역시 한 손에 컵을 들고 혼자 서 있는 뚱뚱한 갈색 머리의 여자가 있는 쪽으로 다가갔다. 나는 말을 걸었다. 우리는 2, 3분 동안 현재 미술관에서 전시하고 있는 작품들 이야기며, 브로드웨이에서 새로 공연하기 시작한 연극 이야기 같은 것을 주고받았다.

문득 나는 자기 소개를 하지 않았다는 것을 깨닫고,

"저는 진 베어라고 합니다."

하고 상냥하게 말했다.

"그래요? 저는 샐리 윈스터스라고 합니다."

알고보니 그녀는 유명한 여배우였다. 그 유명한 여배우도 역시 파티에서 아는 사람이 아무도 없기에 컵을 들고 혼자 서 있었던 것이다.

이야기하는 습성을 발전시킨다.

체릴 리치 박사의 연구에 의하면, 집단적인 토론에서 여자들은 대체로 침묵을 지키고 생각을 깊이 하며 자기의 의견이 다른 사람들의 지지를 받지 못할지도 모른다는 생각에서 자신감이 결여되어 있는 행동을 한다고 한다.

좀더 자신감을 가지고 이야기할 수 있기 위해서는 어떻게 하는 것이 좋을까?

① 취직하기 위해 면담하는 기술도 연습만 하면 남보다 더 잘할 수 있다.

신문이나 잡지를 통해 지금 주위에서 일어나고 있는 일들이 무엇인지 공부한다. 그 공부를 바탕으로 나는 이렇게 생각한다, 나는 그렇게 생각하지 않는다 등의 의견을 정리한다.

자기의 생각을 잘 정리할 수 없을 때는, TV에서는 이렇게 논평하였다든가, 경제 신문에서 지난 주에 재미있게 경제 전망을 한 것이라든가 하는 칼럼니스트들의 의견을 인용해도 좋다.

◇ 다른 사람이 이야기하도록 유도한다. 그렇지만 그 사람의 자존심을 상하게 할 질문, 예컨대 집세가 얼마냐는 등의 질문은 피한다.

"주지사의 의견에 나는 찬성할 수 없어요."

이렇게 서두를 꺼내고서는,

"당신은 어떻게 생각하세요?"

하고 상대방의 의견을 묻는다. 또는 상대방에게 특별한 관심을 갖고 있는 문제를 물어도 좋다. 예를 들면 지난번 만났을 때 무슨 책을 읽고 있다고 했는데 그 내용이 어떤가, 재미있는가, 아니면 상대방의 어머니의 수술 경과는 좋았는가, 유럽 여행은 어땠는가 하는 등을 묻는다.

◇ 당신 자신의 이야기도 한다. 그렇지만 10년 동안 연구해 온 결과를 가지고 전문 용어를 쓰면서 장황하게 설명하거나, 또는 자기가 고민하고 있는 문제를 지루하게 늘어놓는 것은 금물이다.

지난 주일에 본 영화 이야기라든가, 휴가 때 보낸 이야기, 베스트셀러가 되고 있는 소설의 내용 같은 것부터 시작하는 것이 무난하다. 즉, 상대방이 듣기에 거북하지 않은 내용을 말하는 것이다.

◇ 화제가 궁핍할 때를 대비해서 여러 가지 이야기를 준비해 두는 것이 좋다.

나는 누구를 만나더라도 일단 준비해 놓은 질문이 있다.

"만일 당신이 다시 태어난다면 어느 나라의 어떤 부류의 사람으로 태어나고 싶어요?"

이것은 뜻밖에도 재미있는 이야기로 발전할 수 있다. 남편은 남태평양의 바닷가에 사는 폴리네시아족의 어부가 되고 싶다고 했다.

나는 망설이지 않고서 19세기 프랑스의 고급 창녀가 되고 싶다고 한다. 솔직히 잠 한 번 자고 몇 백만 달러나 벌 수 있다는 것은 얼마나 신나는 일인가?

② 당신이 누구에게든 먼저 이야기를 시작하는 방법을 익히도록 한다. 그렇지 않으면 큰맘 먹고 사교적인 모임에 나갔다가도 아무하고도 말 한마디 못하고 돌아오게 되기 쉽다. 그래서 점점 자신감만 없어지는 악순환이 되풀이되기 십상이다.

"그 검정 바지는 참 멋지네요. 어디서 샀어요?"

"코트가 아주 근사하네요."

이렇게 자연스럽게 남을 칭찬하는 말들을 머릿속으로 준비해 두는 것이 좋다.

대화의 서두를 어떤 식으로 할까 머릿속으로는 알고 있으면서도 그런 말은 좀 곤란하다고 자기 멋대로 단정짓고 실천에 옮기지 않는 사람이 많다.

예를 들어 연주회에 갔다고 하자.

옆자리에 혼자 온 남자가 있다. 말을 붙여 보고 싶지만 끼있는 여자라고 생각할까 봐 입을 다문다.

'말을 건다고 무슨 큰일이 생기는 건 아니야.'

'인생 만사는 도박이야. 해 보면 될 수도 있어. 안 돼도 본전이고 만약 거절한다 해도 그렇다고 세상이 어떻게 되는 건 아니잖아.'

이런 식으로 자기 자신을 격려하면서 실천한다.

③ 남들 이야기에 자연스럽게 합류하는 기술을 익혀둔다. 이때에는 무엇보다 먼저 자신감이 필수다.

어느 젊은 직장 여성은 이렇게 말했다.

"나는 우선 '난 멋있는 여자야' 하고 자기 암시를 하면서 사람들에게 접근했죠. 이 방법은 아주 효과적이었어요. 마침내 내 성격의 일부로 굳어졌죠."

칵테일 파티에 참석했을 때는 될 수 있는 대로 일찍 그 장소에 가는 것이 좋다. 시간이 있으므로 주인은 당신을 다른 손님들에게 소개해 줄 것이다. 따라서 빠른 시간 내에 많은 사람들과 알게 될 수 있다.

모임이 절정기에 이르렀을 때 도착하면 이미 지친 주인이 "자기 소개를 하시기 바랍니다" 하고 미루기 쉽다. 그렇게 되면 당황하기 마련이다.

한창 이야기가 무르익고 있는 자리에 끼여들고 싶을 때는 그들 이야기에 무슨 재미있는 사건을 제공할 수 있는 기회가 올 때까지 기다려야 한다. 새로운 이야기의 실마리를 열자는 것이 아니므로 덜컥 직접적인 질문을 해서는 안 된다. 그랬다가는 오히려 자기네 이야기에 끼워주기는커녕 방해꾼으로 보기 쉽다.

④ 자기 이야기에 책임을 진다.

지루한 이야기에는 능숙하게 화제를 바꾸는 기술을 익혀둔다.

어떤 젊은 여자가 어느 날 치과 의사와 데이트를 했다. 그 남자는 그 날 저녁 내내 썩은 이빨을 때우고 뽑아내는 이야기만 할 때이다.

"당신은 당신 직업이 무척이나 재미있는 모양이군요. 나도 직장이 있는데 재미있는 일이

참 많아요."

이렇게 자연스레 화제를 바꾸어 가는 것도 좋다.

⑤ 이야기를 맺고 끊는 기술을 익힌다.

"시간이 많으신 모양이군요. 우리 저기 가서 잠깐만 이야기 좀 하고 올까요?"

"어머, 저 사람들은 새 교육위원들의 이야기를 하고 있는 모양이네요. 같이 가서 들어보지 않겠어요?"

"잠깐 실례하겠어요. 친구가 찾는군요. 인사라도 하고 와야겠어요."

"그럼 한 바퀴 돌고 올게요. 안녕."

이야기를 맺고 끊을 때는 항상 다음과 같은 말을 잊지 말라.

A 상대방에게 당신의 이름을 알려준다.

B "만나뵙게 되어 정말 기뻐요. 또 뵙고 싶은데요."

C 상대방의 이름·주소·직장 등을 물어서 훗날 연락을 할 수 있게 한다.

⑥ "댁은 어떤 일을 하고 계시나요?"

언제 어디서나 이런 질문을 받을 수 있다는 가정하에 대답하는 연습을 해 둔다.

당신이 만약 가정 주부라면 "평범한 주부예요."보다는, "개성적인 가정을 만드는 작업을 하고 있어요"라고 말하는 것이 훨씬 매력적이다.

지적인 직업에 종사하고 있는 여성은 남자들의 이런 질문을 받을 때 부자연스런 대답을 하는 경우가 많다.

심리학 교수인 어떤 여성은 "남자들한테 '난 심리학자예요' 하고 말하는 것이 겸연쩍어서 말이 딱 막혀 버린다고 한다.

그렇지만 이 경우도 역시 확실하게 말하는 것이 좋다. 만약 당신의 학위가 상대방에게 부담감을 줄 수 있다고 생각될 때는 서로 절친한 사이가 되기 전에 미리 이야기해 두는 것이 좋다. 직업에 관해서도 이것저것 세밀하게 다 말할 필요는 없다.

"난 심리학자예요. 그렇지만 6시 이후에는 정신분석을 하지 않는답니다."

이런 것이 얼마나 유쾌한 대답인가.

"학교 교사예요"라고 말하는 것보다, "자폐증에 걸린 어린아이들을 가르치고 있습니다" 하고 말하는 것이 좋지 않은가.

어떤 젊은 여자는 언제나

자기 소개를 할 때면 "사회 복지 분야의 일을 하고 있습니다" 하고 말해 왔다. 그랬더니 그녀와 데이트를 한 남자가 이런 말을 했다.

"좀더 자기를 내세워서 '사회 복지 분야인데요, 특히 심리요법이 전문입니다' 하고 말하는 게 낫겠군요."

단순히 좀 아는 사이가 아니고 마음이 서로 통하는 사이라면 좀더 친밀한 교제를 하도록 노력한다.

"칵테일 파티나 바베큐 파티에 초대를 하고 또 초대를 받는 것도 좋지만, 그보다 좀더 깊이 사귈 수 있는 사람이 많이 있었으면 좋겠어. 표면적인 교제만으로는 웬지 허전해."

이와 같은 생각을 가지고 있는 사람을 위해서 다음의 방법을 선사한다.

① 교제를 적극적으로 심화시켜 나간다.

서로 끊임없이 연락하여 교제를 유지하려는 노력은 하지 않고 갑자기 생각났다는 듯이 편지를 하고 전화하는 정도로 친해질 사람은 아무도 없다.

나 자신도 이제까지 교제를 진행시켜 나가는 데 있어서 상당한 어려움을 느끼고 있다. 무엇보다도 거절당하면 어쩌나 하는 불안감 때문이었다.

그렇지만 나는 용기를 내어 내 책을 대리 판매하고 있는 서점 대표에게 저녁 식사를 같이하자고 청했더니, 그는 기꺼이 응했다. 우리는 단순한 사업상의 교제로부터 서로 마음이 통하는 개인적인 교제로 발전할 수 있었다.

형식적인 접촉에 그치지 않도록 한다. 상대방이 먼저 청해 오기를 기다리지 말고 자기가 먼저 청해 본다

"다음 주에 점심 식사나 같이할까요?"

"다음 일요일은 어떻겠어요?"

② 그저 만나는 것으로는 친밀감이 증대되지 않는다. 좀더 깊이 사귀고 싶다는 뜻을 상대방에게 전달하지 않으면 안 된다.

③ 모든 사람과 다 친해질 필요는 없다.

그러나 당신과 좀처럼 친해지지 않는 당신 남편의 골프 파트

너를 저녁 식사에 초대할 것인가? 아니면 당신 남편의 기분이 상하는 한이 있더라도 거절할 것인가?

만나고 싶지 않은 남자한테서 데이트 신청이 왔을 때 깨끗이 거절할 것인가, 아니면 상대방의 기분을 상하게 하는 것이 좋지 않으므로 응낙할 것인가?

그러나 남편의 존재는 대단히 중요하므로 그의 뜻에 따르기로 작정했다면 초대를 해도 좋겠지만, 반드시 그 손님을 좋아하기 위해 노력할 필요는 없다.

④ 반드시 모든 사람이 당신을 좋아할 필요는 없다는 것을 명심하라.

당신이 가까이하고 싶다는 의도를 표현할 때 상대방이 분명히 거절하는 경우도 있게 마련이다. 아니, 속으로는 거절하고 싶어도 겉으로는 그런 뜻을 확실히 표현하지 않는 사람도 많을 것이다. 상대방의 이야기를 민감하게 들을 필요가 있다.

⑤ 점점 친해질수록 자신의 감정이나 의견을 솔직하게 말하는 것이나 거절 등이 힘들게 생각되는 사람도 많다. 그러나 이것은 잘못이다. 서로의 솔직한 행동이 사실은 친밀감을 더욱 강화시켜 주는 경우가 있다.

예를 들어보자.

에블린 웰치는 광고 회사의 카피라이터로 25세의 여성이다. 그녀는 하와이에 사는 언니에게서 한 통의 편지를 받았다.

"재크와 나는 다가오는 8월에 결혼식을 한단다. 결혼식에 와서 들러리가 되어 주겠니?"

에블린은 언니의 결혼 소식이 기쁘기는 했지만 결혼식에 가고 싶은 생각은 별로 없었다.

그 이유는 6개월 전에 없는 돈을 몽땅 끌어 하와이에 갔을 때 언니의 약혼자를 만난 일이 있는 데다가 8월은 광고 회사가 한창 바쁜 시즌이기 때문이다. 게다가 예금해 놓은 돈도 여유가 없고 여름이 되면 주말에 놀러가기 위해 친구와 돈을 합쳐 별장 하나를 빌리기로 약속을 해놓았기 때문이다.

에블린이 그런 입장을 설명을 하자, 그녀의 부모는 크게 화를 내었다.

"뭐라고? 언니 결혼식에 못간다고? 세상 사람들이 뭐라고 생각하겠니! 너 좋을 대로만 할 거니?"

에블린은 언니가 어떻게 생각할까 상상해 보았다.

"만약 진정 네가 나를 소중하게 생각한다면 그깟 돈 때문이라고 말하진 않겠지? 넌 결국 내 말은 아무 가치도 없다고 생각하는 거야!"

이렇게 말할지도 모른다. 그렇다. 우선 언니가 중요하다. 그렇다면 이런 편지를 쓰면 어떨까?

"언니의 결혼 소식은 무척 기뻤어요. 이런 말을 하면 언니가 놀랄지 모르겠지만, 직장 형편과 금전적인 이유 때문에 아무래도 결혼식엔 참석할 수 없을 것 같아요."

그래놓고도 이것만으로는 충분하지 못한 것 같은 느낌이 남았다. 그래서 대신 내년 봄엔 샌프란시스코에서 한번 만나자고 덧붙이면 어떨까? 그제서야 마음이 놓였다.

"네가 오지 못하는 것이 섭섭하기는 했다만, 네 입장이 이해
가 가는구나."

언니는 사려 깊은 답장을 보내왔다.

다음에는 부모가 문제였다. 에블린은 부모님께 분명한 어조로
말했다.

"그렇게 일방적인 말씀만 하시니 서운해요. 제 입장은 조금도
이해하지 않는다니 유감이군요."

그러면서 점차 조금씩 이야기를 풀어나가는 동안 그녀의 어머
니는 에블린의 처지를 이해하게 되었다. 그러다가 마침내 그녀
는 자기가 지금까지 언제나 마음 속에 뭉쳐 놓고 있었던 사실
까지 털어놓게 되었다.

"내가 어렸을 때부터 늘 마음 속에 가지고 있던 생각인데요.
엄마는 나보다 언닐 더 좋아하는 것 같아요."

이 솔직한 표현이 계기가 되어 모녀간에 서로 마음의 문을 열
고 진지한 토론을 하게 되었으며, 그 결과 두 사람 사이는 전
보다 더욱 좋아지게 되었다.

반면에 아버지는 좀처럼 풀려 나가지 않았다. 아버지는 에블
린의 이야기를 들으려고도 하지 않았다.

"네 기분이야 어떻든 상관없다. 내 마음대로 해!"

이런 식이었다.

당사자인 언니가 어떻게 생각할 것인가 하
는 점보다도 세상 사람들이나 신랑측 가족들
이 어떻게 생각하겠느냐는 점에 더 신경쓰고

있는 모습이 역력했다. 에블린은 이 점을 깨닫게 되자 아버지의 압력에서 자유로이 벗어날 수 있게 되었다.

만일 에블린이 자기를 내세우는 방법을 취하지 않았더라면 내키지도 않는 일을 억지로 해야만 했을 것이다. 그 결과 가족과의 마찰이 생겨나고, 그녀의 자기 혐오감은 더욱더 깊어졌을지도 모른다.

'아무도 나에게 자기 생각을 강요할 권리는 없다' 라는 관점으로부터 '나를 어떻게 주장할 것인가' 하는 구체적인 방법으로 옮겨갔던 용기로 인해 아버지가 어떤 사람인지를 알게 되었으며, 나아가 모녀간의 마음의 결속은 더욱더 강화되었고, 평소에 꺼림칙하던 감정적인 문제마저 개운하게 해결되었다.

여자의 참모습을 드러내라

"시인 W. H. 오든은 이렇게 썼다. 사적인 장소에서 공적인 얼굴을 끌어들이는 것보다 공적인 장소에서 사적인 얼굴을 들이미는 것이 현명하고 멋지다."

언제나 공적인 얼굴이라는 베일 뒤에 숨어 있기 때문에 남자들과 친밀한 교제를 이루지 못하는 여자들이 많다.

여자들은 일단 결혼하면 심부름꾼·애완용 또는 가리워진 존재라는 등의 여러 가지 역할을 병행하여야 하고, 게다가 여자들은 약하다는 이유를 들어 바로 이러한 역할들을 맡게 되었다.

여성들은 사랑받고 싶어하고 누구한테나 호감을 사고 싶은 나머지 자기의 이미지를 손상할지도 모를 적대적인 감정은 드러내지 못하고 살아왔다. 남자들에게 언제나 양보만 해 왔던 습성이 몸에 배어 어떤 면에서는 남편을 매우 두려운 존재로 생각하기도 한다.

자존심을 억제하고 자기 자신을 못난 사람으로 보고 멸시받고 천대받더라도 참고 견디어 온 것이다. 그것이 역행되어 한편으로는 바가지만 긁고 언제나 화를 잘 내어 남을 사랑할 줄 모르는 인격으로 변하기도 한다.

불리한 것은 언제나 남의 탓으로 돌리는 경우도 있다. 재수가 나빠서, 시어머니가 고약한 사람이라서, 나는 선천적으로 몸이 약해서, 이런 식으로 자신을 방어해 왔다.

그러나 실제로는 자기 스스로는 진실되게 인간적인 감정 표현을 하지 못하면서도 애인이나 남편에게서는 인간적인 반응을 기대하는 모순에 빠지기도 한다.

대개의 여성들은 정서면에서 보수적이어서 친밀하고 개방적인 인간 관계를 맺을 줄 모르고 폐쇄된 인간 관계 속에 갇히고 만다.

자기의 진짜 속마음을 탐색해서 그것을 능숙하게 표현해 간다면, 당신의 결혼 생활에도 많은 긍정적인 변화가 생기게 될 것이다.

먼저 자신이 문제를 파악하라

당신 스스로가 다음과 같은 역할들을 때때로 연출하고 있지는 않은가.

① 언제나 만족할 줄 모른다.

당신은 능력도 있고 어떤 일을 해 보고 싶은 강렬한 욕망을 가지고 있다. 그렇지만 직장에서나 사회 활동에서나 만약 당신이 성공한다면 남편의 질투심을 유발시킬 것이고, 당신 부부는 경쟁 관계를 벗어나지 못하게 될 것이라고 믿고 있다.

나에겐 아무것도 할 권리가 없다, 오직 그이의 성공만이 나의 성공이다, 당신은 이렇게 믿으려 한다. 그러나 당신 남편이 당신 소원대로 출세를 하고 성공한다고 단정할 수는 없다. 따라서 당신은 언제나 만족을 못 느끼고, 마음으로는 오히려 분노를 느끼게 된다.

② 남을 조종한다.

진짜 하고 싶은 말을 솔직하게 하지 못하고 눈물이나 칭찬을 무기로 하여 간접적으로 자신의 욕망을 충족시키려 한다.

예를 들면 거실에 의자가 하나 더 있으면 좋겠다는 생각을 직접 말하지 못하고 이렇게 말한다.

"이쪽은 공간이 너무 비어 허전해요."

게다가 아이들 핑계를 대는 태도다.

"제니야, 오늘은 엄마가 피곤하니까 아빠한테 중국 요리집에 데려가 달라고 하렴."

남편은 부인이 마치 바이올린이나 되는 것처럼 조심스럽게 아내를 대할 수밖에 없다.

③자기를 비하한다.

남편이 성공하면 할수록 비굴해지는 여자가 있다.

"난 이제는 남편에게 어울리지 않는 여자가 되었어."

이런 여자는 자기 자신을 발전시킬 생각을 하지 않으며, 자기가 젊었을 때처럼 남편의 흥미를 끌 만한 이야깃거리를 찾으려 노력하지도 않는다.

④ 어린아이처럼 행동한다.

난 불쌍한 여자야, 난 아무것도 못 해, 이런 식으로 밖에 생각 못하는 여자. 그런데 욕심은 많고, 그래서 상대방은 더욱 고달플 뿐이다.

그녀는 말한다.

"창문을 닫을 줄 알았더라면 내 손으로 닫았겠죠."

⑤ 거짓말을 잘 한다.

"파티에서 당신 태도는 너무했어요. 앞으로 다시는 만나지 않을 거예요."

이런 여자가 상투적으로 쓰는 말은 이런 식이다.

"당신이 나를 진정으로 사랑한다면, 당신은 내가 하자는 대로 했을 거예요."

⑥ 건망증이 심하다.

간접적인 공격법이다.

이런 여자는 분노를 직접적으로 표출하는 대신에, 예를 들면 자동차에 기름 넣는 일을 깜빡 잊거나, 남편에게 필름을 사달라고 해서 남편이 그러겠다고 승낙했는데도 그것을 잊고 자기가 사러 가는 여자.

⑦ 바가지를 잘 긁는다.

세상에 어떤 일이 일어나더라도 자기에게는 잘못이 없다고 생각하며, 상대방의 약점만을 물고늘어진다.

"여보, 과일은 가게에서 사는 것보다 바겐세일을 하는 슈퍼마켓에 가면 더 싸게 살 수 있어요."

이런 식으로 상대방에게 사사건건 잔소리 하거나,

"여보, 자동차 보험증서 받아왔어요?"

라는 식으로 스스로 지독한 검사관이 된다.

좀더 좋은 사람이 되고, 돈을 좀더 많이 벌고, 좀더 강한 남자가 되라고 상대방에게 요구만 한다.

상냥한 면이라고는 눈을 씻고 봐도 없다. 이것은 자기를 지킬 줄 모르는 사람이 나타내는 전형적인 증상 가운데 하나다.

⑧ 이기심이 강하다.

자기밖에 생각할 줄 모르며, 상대방이 어떤 요구를 해 오면 속았다는 생각부터 한다. 물질적으로나 정서적으로나 남편에게 주는 것 자체를 모른다.

반대로 상대방이 바라지도 않는 것을 자기 멋대로 좋아한다고 단정해서 억지로 떠맡기기도 잘한다.

⑨ 하녀 타입

당신을 '여성적'으로 키우려고 했던 당신 아버지를 기쁘게 하던 노력이 몸에 배어 있는 여성은 이제 남편을 기쁘게 하는 것이 삶의 보람으로 되어 있다.

말하자면 당신 남편은 주인이고, 당신은 하녀인 셈이다.

당신은 자신의 욕망이나 기분에는 별로 신경쓰지 않으며 오히려 회피한다.

⑩ 무조건 순종한다.

남편이 시키는 대로만 하고, 공동 생활을 하면서도 어떤 책임을 지는 일은 회피한다.

일체 자기 생각은 말하지 않고, 상대방이 의견을 말해도 대꾸조차 않는다.

⑪ 몸이 아프다는 푸념을 잘 한다.

머리가 아프다, 배가 아프다 하면서 언제나 아프다는 푸념이 많고 당연히 해야 할 일도 제대로 하지 않는다.

⑫ 나서기를 잘 한다.

모임에 참석했을 경우, 누구보다 앞서서 눈인사를 한다거나 다른 사람들의 이야기에 자주 끼어든다.

또한 내 견해와 어긋나는 얘기를 나눌 때에는 자기의 주장을 관철시키려고 애쓴다.

결혼 목표를 정한다.

세상에는 불행한 결혼이 의외로 많다. 부부는 인생의 반려자라는 말은 단지 명분일 뿐 서로에게 마음을 여는 것마저 거절하는 부부가 많다.

부부간의 진실된 인간 관계가 목표라면 현재의 친밀함을 더욱더 친밀하게 하려고 노력해야 한다. 이렇듯 강조하고 있는 진실된 인간 관계란 서로간에 기분과 생각을 나누어 갖는 것이다.

당신과 당신 남편은 서로 믿고 함께 있기를 바

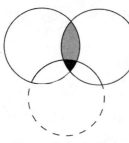

어느 한 쪽의 흥미
가 상대방의 생활
영역에 침범당한 결
혼 생활.

두 사람이 모든 점
이 완전히 부합된
결혼 생활. 현실적
으로 불가능하다.
이런 결혼 생활은
답답할 것이다.

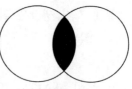

재미없는 결혼
생활이다. 부부
간의 공통점이
너무 적다.

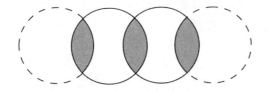

두 사람이 각각 자기 분야에 흥미를 갖
고 있지만 서로 상대방의 생활 영역을
침범하고 있지 않으므로 원만하다. 행
복한 결혼 생활이라고 할 수 있다.

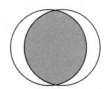

이상적인 결혼 생활.
80%정도의 공통점이
있다. 부부가 제각기
개인적인 성장과 프라
이버시를 가질 시간과
요소가 풍부하다.

A

0 10 20 30 40 50 60 70 80 90 100

B

란다. 그러나 동시에 각기 한 사람의 개인으로서 개성을 발휘하고 싶을 때도 있다는 것을 잊지 말아야 한다.

라트거스 대학의 심리학 교수 아널드 라잘러스 박사는 결혼 생활의 패턴을 A그림처럼 나타내고 있다.

결혼 생활은 얼마나 행복한가?

결혼 생활은 80%의 연대감과 거기에다 충분한 개인 생활로 이루어져 있을까?

결혼 생활의 행복도를 알아보는 방법

〈문제 1〉 가로로 직선 하나를 긋는다.(앞페이지의 B그림) 10단위의 눈금으로 나누어 0부터 100까지 표시한다.

〈문제 2〉 다음의 질문을 읽고 질문의 대답을 백분율(%)로 표시한다.

① 현재의 결혼 생활을 그대로 계속하고 싶은가?

② 당신 남편은 현재의 결혼 생활에 대해 어느 정도 만족하고 있을까?

③ 당신은 행복한 결혼 생활을 유지하는 데 어느 정도 기여하고 있는가?

④ 남편과 함께 지내는 시간이 참으로 행복 하고 즐겁다고 생각하는 정도는?

⑤ 현재의 결혼 생활에서 당신이 혼자만의

시간을 가질 수 있는 정도는?

⑥ 당신은 행복한 가정을 이룩하기 위한 노력을 어느 정도 할 수 있는가?

⑦ 20년 후에도 행복한 결혼 생활을 유지할 수 있는 가능성은 어느 정도인가?

⑧ 두 사람 사이에 마찰이 생겨나게 되었을 때 그 원인(섹스, 자녀 문제, 돈 등)을 점칠 수 있는 정도는?

⑨ 남편과 섹스를 할 때 머릿속으로 다른 남자를 생각해 본 일이 있는가? 있다면 그 정도는?

⑩ 남편과 함께 어떤 일을 하는 빈도는?

⑪ 당신 혼자서 어떤 일을 하는 빈도는?

⑫ 결혼 생활을 통해 당신을 여성으로서 완전한 사람이 되게 하고 싶다면 그 정도는?

인간 관계가 진실해지려면 솔직한 감정의 교류가 무엇보다 중요하다. 그러나 솔직한 어떤 말을 하면 남편이 기분 나빠할지도 모른다고 단정하여 남편과의 의사 소통이 결여된 것을 합리화하는 여성도 있다.

그렇지만 사적인 장소에서도 여전히 공적인 가면을 쓰고 살면 문제가 생겨도 무엇이 잘못인지 모르면서 인생을 살아가는 것이 된다. 인생의 반려자와 서로 마음을 나누어 갖지 못한다면 그것을 참된 관계라 할 수 있겠는가.

부부간의 의사 소통이 원만히 되지 않을 때에는 원망감과 오해와 나쁜 감정만이 확대되어 가므로 부부가 아니라 모르는 사람들끼리 공생하고 있는 것과 마찬가지가 된다.

그렇다면 남편과의 의사 소통을 원활하게 할 수 있는 방법은 무엇인가?

우선 나를 능숙하게 내세울 수 있는 화법을 익히는 것이 중요하다.

일반적으로 남편 쪽에서 자기 말을 들어주지 않는다고 불평하는 여자들이 있다. 당신의 경우는 어떤가? 부부간의 의사 소통을 원활하게 하는 방법은 무엇이 있을까?

① 조그만 일이라도 확실하게 자기 의견을 말하라.

"언제나 당신이 보고 싶어하는 영화만 택해서 보러 가게 되는 것 같아요."

"아침 식사때는 신문만 보지 말고 이야기도 좀 하세요."

이런 말을 직접적으로 한다면, 그 정도로 인해 부부싸움이 일어나는 경우는 없다.

사소하다고 생각되는 일일지라도 당신의 의견을 확실하게 표현하게 되면 다음 세 가지 장점이 있다. 첫째 오랫동안 쌓이고 쌓인 감정이 느닷없이 폭발해서 걷잡을 수 없는 사태로 발전하는 것을 막을 수 있고, 둘째 결혼 생활 속에 '진실'을 간직할 수 있으며, 셋째 두 사람이 서로 양해할 수 있는 해결 방법을 발견할 수 있게 된다.

꼭 기억해야 할 것이 있다. 남편이 〈바람과 함께 사라지다〉를 보러 가자고 할 때 만약 당신이 가고 싶은 마음이 전혀 없다면 당신은 이렇게 대답할 권리가 있다.

"나는 〈사랑과 죽음〉을 보러 가고 싶어요."

중요한 것은 자기 의견을 솔직하게 말하되, 그것을 언제 말하느냐 하는 시기이다.

② 내가 이런 말을 하면 그의 기분이 상할지도 모른다는 핑계를 삼지 말라.

남자라는 존재는 자존심에 목숨을 걸고 있기 쉽다고 생각하고 있는 여자가 많다.

"우리 그이는 꼭 아기 같아요. 내가 보살펴 주지 않으면 어떤 일도 제대로 못 하거든요."

마릴린이라는 이름을 가진 어떤 여자는 말했다.

"내 생일날 그이는 값비싼 셔츠를 내게 선물해 주었어요. 그런데 내가 입지 않으니 그것이 내 마음에 들지 않았다는 걸 그이도 알았을 거예요. 그렇지만 나는 그이가 기분 상할까 봐 셔츠를 다른 것과 바꾸러 가지는 않았어요. 사실 좀 우스운 얘기겠지만 이 셔츠가 문제가 되어 나와 그이는 좀 불편한 사이가 되어 버리고 말았어요."

당신의 일생을 같이할 당신 남편은 어린아이가 아니다. 그렇다면 남편의 기분을 상하게 하지 않고도 당신의 감정을 솔직하게 표현하는 방법은 없는가?

이렇게 말한다면 어떨지.

"저, 셔츠를 사다주신 건 정말 고마운 일이지만, 나한테는 잘 어울리지 않는 것 같아요. 바꿔 봤으면 좋겠는데…… 당신도 같이 가서."

③ 자기의 말을 상대방이 올바르게 받아들이고 이해하고 있는지를 확인한다.

말이라는 것은 두 가지 요인으로 이루어져 있다. 하나는 그 말을 표현하는 입장이고, 다른 하나는 그것을 받아들이는 입장이다.

당신 생각에는 의사 표시를 분명하게 했다고 보더라도 상대방이 알아듣지 못하는 경우도 많다. 게다가 표현 자체를 불분명하게 했다면 상대방이 알아들을 리 없다. 상대방은 남의 마음을 꿰뚫어보는 도사가 아니라는 것을 염두에 두어야 한다.

④ 대화는 당신의 감정을 표현하기 위한 도구이지, 상대방을 공격하기 위한 무기가 아니다.

예를 들면 당신이 남편에게 빵을 사오라고 부탁했다. 그러나 남편은 잊어버리고 그냥 들어온다.

"당신 도대체 내 부탁을 제대로 들어주신 적이 한 번이라도 있어요?"

이런 식의 말은 언제나 싸움밖에 되지 않을 것이다.

⑤ 언제나 당신 감정을 정직하고 능숙하게 표현하도록 한다. 답을 알고 있으면서도 질문을 하는 것은 비겁한 일이다. 예를 들어 본다면, 진실로 상대방의 의사를 묻고 싶을 때는 분명하게 표현한다.

"오늘밤 중국 요리를 먹고 싶지 않으세요?"

그러나 레스토랑을 예약해 놓고도 아닌 척 시치미를 떼고 떠보는 말투는 나쁜 결과만 가져온다.

"난 오늘밤 중국 요리를 먹고 싶은데 같이 갈래요?"

그러므로 이렇게 솔직하게 말하는 것이 상대방에게 받아들여지기가 쉽다.

싸움은 어떻게 하는 것이 바람직한가.

어떤 의미에서 부부싸움이 없는 관계는 진실로 친밀한 관계라고 할 수 없다. 이 싸움을 잘 하기 위해서는 자기의 생각을 솔직하게 표현하고 문제의 원인을 찾아 현실적인 해결 방법을 찾아야 한다.

상대방에게 적대감을 갖고 심리적인 갈등을 일으켰다고 해서 사랑이 결핍되어 있는 것은 아니다. 진실로 문제가 되는 것은 상대방에게 사랑도 미움도 어떤 감정도 느낄 수 없게 되었을 때이다. 상대가 무슨 짓을 하든 내 알 바 아니라고 생각하는 태도는 이미 다 끝난 사이라고 보면 된다.

세상에서 가장 친밀한 두 사람 사이의 싸움이니만큼 승자와 패자가 확연하게 구별되는 테니스 경기와는 달라야 한다. 지혜롭게 양쪽 모두 이겼다는 느낌을 가질 수 있는 해결 방법을 찾아야 한다.

① 싸울 시간을 미리 정하도록 한다.

돌발적으로 느닷없이 싸우지 말고 미리 자기 생각을 정리해 두면 설득력 있는 주장을 펼 수 있고, 문제를 확대시키지 않고도 초점에 맞는 싸움을 정당하게 할 수 있다.

남편이 장기 출장을 떠나려고 할 때나, 피곤한 몸으로 퇴근했을 때는 싸움을 하기에 좋지 않은 시기다. 그리고 문제가 발생했을 때는 될 수 있는 대로 시간을 끌지 않고 곧바로 서로 대화하는 것이 좋다.

"기분 나쁜 일이 있어요. 저녁을 먹고 나서 당신 나하고 이야기 좀 해요."

싸움을 준비할 때는 다음과 같은 질문을 자기 자신에게 먼저 해본다.

◇ 이번 일은 정말 한바탕 싸울 필요성이 있는가?

◇ 남편이 거절할 경우 내가 당할 고통은 어느 정도인가?

◇ 정직하고 능숙한 싸움을 할 자신이 있는가?

◇ 싸움으로 인한 긴장을 어느 정도 견뎌낼 수 있는가?

◇ 상대방이 화해를 청해 올 때는 단념할까, 아니면 그대로 계속할까?

◇ 상대방이 나의 태도를 바꾸어 달라고 나올 때는 과연 어떻게 해야 할까?

② 싸울 때는 성적인 차이를 무시한다.

남자와 여자는 어렸을 때부터 받아온 교육으로 인해 싸우는 방식에 있어서도 차이가 있다.

"남자는 울지 않는 거야."

"만약 사내자식이 울면 그건 벌써 싸움에 진 거다."

그러나 **싸움에 있어서는 여성에게 특유한 울음**

을 무기로 삼아서는 안 된다. 눈물은 떳떳한 싸움을 기피하는 구실이 된다. 눈물은 학대받고 억압받는 데 지쳐서 더 이상 싸울 기력마저 없다는 증거밖에 안 되기 때문이다.

그러나 만약 당신이 남녀의 성적인 차이를 무시하고 싸움에 임한다면 상대방은 이제까지 고수해 오던 남성의 스타일을 견지할 수 없게 된다.

③ 싸움의 규칙을 미리 정한다.

◇ 폭력은 휘두르지 않는다.

◇ 상황의 설명에 초점을 둔다.

◇ 자기 말만하지 말고 상대방의 말도 듣도록 한다.

◇ 서로 오해가 없도록 상대방이 한 말의 뜻을 재확인한다.
"파티가 끝난 다음 나 혼자 돌아왔다고 해서 화난 거예요, 아니면 딴 일 때문이에요?" 하고 묻는다.

◇ 싸우는 문젯거리는 상대방의 행동에 국한시키고, 상대방의 인신 공격을 해서는 안 된다.
"당신은 지독한 사람이에요."
"당신은 콤플렉스로 가득 찬 사람이에요."
이러한 말들은 문제의 해결에 아무런 도움도 주지 않을 뿐 아니라 더 문제를 만든다.

◇ 상대방의 약점을 공격하지 않는다.
가령 남편이 실직 중일 때는 다음과 같은 말은 안 된다.
"돈을 벌어올 책임은 언제나 남자한테 있는 거 아니에요!"
나는 남편 허브에게,

"당신은 도대체 어쩌면 그런 여자(그의 전처를 두고 한 말)하고 결혼을 했어요?"

하고 몇 번 말한 적이 있으나, 그 시비거리는 결국 모두 실패했다.

◇ 수습하기 어려운 싸움은 하지 않는다.

싸우는 초점이 없는 싸움, 엉뚱한 문제로 비약되는 싸움, 마냥 끝도 없이 이어지는 싸움은 아무런 의미가 없다.

"도대체 당신이란 사람은 사랑이 뭔지도 모르는 목석이라고요."

"당신은 자기밖에 모르는 사람이에요."

"당신은 주는 것은 모르고 받으려고만 하는 사람이에요."

이런 말들도 위험하다.

그저 조금 아는 사이거나, 직장 상사이거나, 몇 차례 데이트만 한 사이라면 심한 싸움을 한 후 절교를 선언하면 그만이기도 하다.

그러나 부부간에는 영원한 친화를 목적으로 해야 하므로 일시적인 불화라도 화해를 끝맬미로 두지 않으면 안 된다. 싸움을 건설적으로 하고 서로 이해심을 갖도록 노력해야 한다.

결단력은 어떻게 기르나?

사교 생활에서 섹스에 이르기까지 일상적인 결정권을 누가 갖느냐는 문제로 부부간에 마찰이 생기는 경우가 있다.

어떤 여자는 남편에게 아무런 결정권도 주지 않고 매사를 자기 마음대로 처리하는가 하면, 또 어떤 사람은 모든 일을 남편에게 맡기고 자`기에게는 아무런 결정권도 없다고 한탄하는 경우도 있다.

그러나 결혼 생활이라는 것은 두 사람의 힘을 합쳐서 이룩해 가는 것이므로, 부부 가운데 한 사람만이 일방적으로 결정한다면 상대방의 마음에 불만이 쌓이게 되고, 마침내 결혼 생활을 위험에 빠지게 된다.

결단력도 연습만 하면 가능하다. 다음은 결단력을 기르는 문제이다.

① 당신이 우주 비행사라고 가정하자.

달의 밝은 쪽에서 모선과 만날 예정이다. 그런데 기계가 고장 나서 예정지로부터 200마일이나 떨어진 곳에 착륙하게 되었다. 그런데 착륙할 때 착륙선에 장착되어 있는 기계가 상당 부분 파손되었다.

어떤 방법을 써서라도 모선으로 돌아가지 않으면 당신의 생명은 위험하다. 그래서 당신은 꼭 필요한 최소한의 장비를 휴대하고 출발하기로 했다.

착륙선 내부를 점검해 보았더니 표에 나온 15가지 기계 장치가 파손되지 않았다.

착륙선에 함께 탑승하고 있던 동료와 당신 자신의 생명을 구하는 데 필요한 물품을 골라내야 하는데, 어느 것을 갖고 갈지 결정하는 것은 당신이 할 일이다.

우선순위	물　품	이　유
	성냥갑 농축 식품 나일론 밧줄 50피트 실크로 만든 낙하산 휴대용 난방 장치 45구경 권총 분유 1상자 100파운드들이 산소 탱크 2개 달의 별자리 지도 구명 보트 나침반 음료수 5갤런 신호용 조명탄 주사기를　포함한　응급　처치 용구 1벌 태양열을 이용한 FM수신기	

위의 표에서 중요한 물품부터 번호를 붙여가며, 그 이유도 기록한다.

② 테스트 시간은 15분간. 당신 남편도 이 검사를 별도로 받게 하는 것이 좋다.

③ 두 사람의 결과를 맞춰본다. 이 때 두 사람이 주고받는 이야기를 녹음해 두면 재미있다.

두 사람의 의견을 종합해서 최종 순위를 정해나간다. 이 때

어느 쪽의 의견을 우선하여 결정이 이루어지는지에 특히 유의
한다.

④ 그 결과를 뒤에 나오는 《결혼을 위한 항목조사》의 결과와
비교한다.

뉴욕 행동수정연구소의 베리 르베트킨 박사는 이 〈달나라 여
행놀이〉의 효용성에 관한 실례를 들고 있다.

메리는 24세, 직업은 교사다. 그녀의 남편 보브는 28세이고
대학원생이다.

이들 부부는 서로간에 결정권의 배분이 원만하게 이루어지지
않아서 결혼 생활에 어려움을 겪고 있었다. 어떤 결단을 내려
야 할 때면 메리는 당황하여 마치 어린아이와도 같이 보였던
모양이다. 그러니 자연히 보브가 결정하게 되었고, 메리는 자기
에게 결단력이 없음을 인정하지 않고 보브의 횡포만을 원망하
게 되었다.

이들에게 〈달나라 여행놀이〉를 시켜보았더니 여느 때처럼 보
브의 의사에 의해 결정되는 것이었다.

두 사람의 답을 맞추어 보면서, 그녀는 이렇게 말했다.

"기계에 관해서는 당신이 더 잘 알고 있으니까."

"놀이는 당신이 더 잘 하니까."

"우주 비행은 보통 남자들이 하니까."

겨우 2, 3개의 결정만을 그것도 자신 없는 웃음을 띠면서 그
녀가 했을 뿐이다.

르베르킨 박사는 이것을 녹음했다. 녹음된 대화를 들으면서 메리는 자기의 의사대로 결정되었을 때는 언제나 웃음으로 얼버무리고, 대부분의 결정을 보브한테 떠맡기고 있다는 사실을 발견하게 되었다.

집에 돌아온 두 사람은 녹음기를 다시 한 번 틀어보았다. 그 후 메리가 여느때처럼 자신 없는 말투로 "당신이 더 잘 아니까" 하고 말할 때면 보브는 〈달나라 여행놀이〉를 잊지 말라고 일깨워 주게 되었다고 한다.

르베트킨 박사는 말한다.

"집에서 일어나는 일들도 이 놀이에서와 마찬가지로 두 사람이 상의해서 결정하는 것이 중요합니다. 그런데 메리는 언제나 한 걸음 물러나서 보브한테만 결정권을 위임해 버렸던 것이죠. 흔히 이런 여자들이 많지요. 이 놀이는 자기 자신이 얼마나 솔직하지 못한지를 깨닫게 해 줍니다."

두 사람의 생활 태도를 바꾸기 위한 방법

걸핏하면 싸우고 충돌이 잦은 부부 관계를 사이좋은 관계로 바꾸는 묘안은 무엇일까?

◇ 두 사람의 관계를 개선하기 위해서는 먼저 나는 어떤 점을 고쳐야 할지를 생각한다.

◇ 상대방이 고쳐야 한다고 생각되는 점을 예정표로 만들어 본다.

◇ 상대방을 변화시키는 유일한 방법은 그에 대한 당신의 태도를 바꾸는 것이다. 이 점이 가장 중요하다. 그 상대방이 이런 행동을 하는 것은 그 원인이 나한테 있는 것은 아닐까 하고 먼저 곰곰 생각해 봐야 한다.

심리학자인 리처드 스튜어트 박사는 말한다.

"당신이 변하면 상대방도 변하게 된다. 당신이 변화되면서 당신의 생각이나 기분에도 변화가 일어나게 된다. 결국 행동의 변화가 사고와 기분의 변화를 초래하게 되는 것이다."

따라서 상대방이 바꾸어 주길 바라는 생활 태도의 항목을 정해 놓고 그를 위한 노력을 스스로도 해야 한다.

리처드 스튜어트 박사의《결혼을 위한 항목 조사》라는 책에서 재미있는 문제를 인용해 본다.

항 목	횟 수	중　요　도
		대단히 중요하다 중요하다 그다지 중요하지 않다
		대단히 중요하다 중요하다 그다지 중요하지 않다
		대단히 중요하다 중요하다 그다지 중요하지 않다

① 위의 표를 참고하여 상대방의 생활 태도에 변화가 일어나기를 바라는 점 세 가지를 될 수 있는 대로 구체적으로 쓴다.

예를 들어 "가족들이 다 모여 있는 자리에서는 자기 혼자만의 일을 생각하지 않았으면 좋겠다"라고 쓰기보다 "저녁을 먹는 자리에서는 그 날 일어난 일을 이야기하는 것이 좋겠다"고 적는 것이 더욱 구체적이다. 답을 적을 때는 각 항목마다 중요성을 기재하고, 지난 주에 상대방이 나에게 바라고 있다고 생각되는 항목을 세 가지 적고 그것을 몇 번이나 실행했는지 적는다.

자기가 생각하기에 싫은 점, 좋지 않은 점이 무엇인지 두 가지 적는다.

② 상대방도 이와 똑같은 일을 하도록 한다.

③ 위와 같은 목록을 서로 교환하고 각 항목에 관해 두 사람의 의견을 교환한다.

남편 허브와 나의 경우를 예로 들어보면 이렇다.

"요리를 만드는 데 시간이 얼마나 걸렸느냐 하는 점만 생각하지 말고 음식맛이 어떻다는 말도 해 주었으면 좋겠어요."

"당신과 나는 그 점에서 생각이 달라. 난 음식을 오래 만든 것일수록 좋다고 생각하기 때문이야. 주방에서 요리를 하면 기분 전환이 되고 몸도 풀리거든."

④ 서로 희망하는 행동을 상대방이 몇 번이

나 실행하는지 헤아린다.

가령 매일 세 시간씩이라도 좋으니 자기 이야기를 들어달라고 말했다고 하자. 상대방이 이 요구를 들어주었으면 하는 항목에 표시를 한다.

그것을 잠자리에 들기 전과 같이 조용한 시간에 부드럽게 화제에 올리고, 이렇게 함으로써 내 기분이 얼마나 좋아졌는지, 또는 상대방에 대한 사랑이 얼마나 깊어졌는지를 이야기한다.

나에게 앤 소머즈라는 친구가 있다. 그녀는 언제나 돈 문제 때문에 속을 끓이고 있었다.

결혼한 지 17년이 된 그녀는 10대의 아들 둘을 두고 있다. 그녀의 남편 피터는 회사 중역으로서 직장일을 열심히 하고 있었다. 그런데 지난 17년 동안 두 사람의 인간으로서의 성장 속도에 차이가 있었던지 이들 부부는 마음 속에서 서로 깊은 간격이 생기게 되었다.

자기 자신에 대한 연민에 쌓인 그녀는 절약만이 삶의 유일한 보람이라고 생각하는 것 같았다. 그녀는 그 밖에 아무런 인생의 목표를 가지고 있지 않았다.

피터도 이제는 자기네 두 사람의 관계를 체념하는 듯했다.

어느 날 앤이 내게 전화를 걸어왔다.

"피터가 나와 헤어질 생각인 것 같으니."

그녀는 울먹이면서 남편의 채권을 몽땅 찾아 자기의 구좌에 넣기 위해 은행으로 가는 중이라고 했다.

"앤, 너한테 무슨 잘못이 있는 게 아니니? 피터는 이혼까지 생각하지 않을지도 몰라. 정말 그의 입으로 그런 말을 했었니?"

하고 묻자.

"직접 그런 말을 하지는 않았지만 다른 사람과 결혼할걸 그랬다는 말은 하더라고."

기어들어가는 목소리로 그녀가 말했다.

"내 말 좀 들어봐. 내 생각엔 그가 집을 나갈 생각은 아닌 것 같아. 그런데 넌 매일 밤 그에게 햄버거나 깡통 음식 같은 거나 먹이고, 언제나 아이들 이야기밖엔 모르잖니? 너희 부부끼리 다정하게 외출 한번 해 봤니? 한번 용기를 내서 둘이 식사라도 하러 나가자고 말해 봐."

그래도 그녀는 우물쭈물했다.

"그런 걸 알아줄 그이가 아니야. 외식 자체를 그이는 아주 싫어한단 말이야."

"그래도 해 봐. 그리고 레스토랑에 가서는 음식값이 비싸다느니 하는 이야기는 절대로 입 밖에 내지 말고. 식사를 주문할 때는 메뉴의 아래쪽에서만 고르지 말고 비싼 것으로도 한번 골라봐."

그녀는 한번 해 보겠노라고 말했다.

다음 날 그녀는 밝은 목소리로 전화했다.

"그이가 기꺼이 응했어! 신장 개업한 프랑스 레스토랑에 갔었지. 네가 말한 그대로였어, 진. 가기 전부터 난 절대로 음식값이 비싸다는 말을 하지 않기로 생각했고."

두 사람은 함께 외출하여 즐거운 한때를 보냈다. 이것이야말로 올바른 방향을 가는 첫걸음이라고 할 만하다.

◇ 그녀는 용기를 내어 어떤 일을 시도했다. 게다가 피터는 그녀가 걱정하고 있었듯이 이혼을 고려하고 있지는 않았다.

◇ 그녀는 피터가 바라는 것이 무엇인지를 깨닫게 되었고, 그것은 그녀 자신에게도 기쁨을 안겨 주었다.

◇ 그녀는 자기의 결혼 생활을 어떻게 하면 좀더 즐겁게 할 수 있을까 생각하게 되었다.

결혼 생활에서 생기는 여러 가지 문제를 이렇게 형식적이고 계획적인 방법으로 해결할 수 있겠느냐고 의아해하는 사람도 있을 것이다. 또는 로맨틱하지 못하다든가, 재미가 없다고 말할 사람이 있을 것이다.

그러나 '행동을 변화시키는 기술'을 일단 터득하기만 하면 그런 행동이 자연스럽게 나올 수 있다.

프레드릭 퍼스도 말했다.

"연습을 많이 하면 할수록 무슨 일에나 자연스런 행동이 가능하게 된다는 것은 참으로 이상하면서도 즐거운 일이다."

〈달나라 여행 놀이〉의 정답

우선 순위	물 품	이 유
15	성냥곽	달에는 산소가 없으니까 쓸모가 없다.
4	농축 식품	얼마 동안은 먹지 않아도 살 수 있다.
6	나일론 밧줄 50피트	골짜기를 건널 때 편리하고, 휴대하기 쉽다.
8	실크로 만든 낙하산	휴대하기 간편하다.
13	휴대용 난방 장치	달 표면은 온도가 높다.
11	45구경 권총	권총은 호신용이다.
12	분유 1상자	물이 있어야 하므로 별로 쓸모 없다.
1	100파운드들이 산소 탱크 2개	달에는 산소가 없다.
3	달의 별자리 지도	항공에 필수적인 것이다.
9	구명 보트	대피용으로 어느 정도 쓸모가 있다.
14	나침반	달의 자력 상태는 지구와 다르므로 별 쓸모가 없다.
2	음료수 5갤런	물이 없으면 못 산다.
10	신호용 조명탄	산소가 없으므로 쓸모가 없다.
7	주사기를 포함한 응급 처치용구 1벌	응급처치 용구는 필요하지만 주사기는 별로 쓸모가 없다.
5	태양열을 이용한 FM 수신기	모선과 연락을 취하는 데 필요하다.

자녀들로부터 나를 지키자

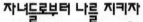

마리언 로저스는 교외에 있는 자기 집 거실에 앉아 눈물을 흘리고 있었다. 그녀는 15세 된 딸을 가까스로 달래 등교시키고 난 뒤였다.

그런데 그녀의 딸이 남겨놓고 간 일거리가 산더미 같았다.

"스커트 다림질해 줘요."

"세 시까지 학교로 마중와 주세요. 학교가 끝나면 곧바로 쇼핑을 갈 수 있게."

"도서관에서 빌려 온 책을 돌려주세요."

마리언은 불평이 태산 같았다.

"이렇게 심한 폭정이 어디 있어. 자기가 무슨 제네럴 모터스 사장이라도 되는 줄 아나?"

그러나 남에게 미움을 받는 것이 두렵고, 누구에게나 정성을 다 해 주는 것이 습관이 된 그녀는 아무리 힘들어도 딸의 부탁을 들어주기로 했다.

이와 같은 부모의 맹목적인 태도가 밤 3시까지 자지 않고 만화책만 보며, 학교에 지각하고도 부모에게 화풀이를 하고 가정의 폭군으로 군림하는 반항적인 10대를 만들어 내는 것이다.

클레어 마틴에게도 마찬가지로 15세의 반항적인 딸이 있었다. 그러나 이 어머니는 마리언과는 다른 방법을 썼다.

그녀는 매일같이 딸에게 그녀가 만든 반성표를 주었다.

"수학 시험에서 100점을 받지 못한 이유는 뭐니? 조금도 어려운 문제가 아닌데."

"넌 어째서 스미스하고만 친하고 다른 아이들과는 같이 놀지 않니?"

목적은 딸과의 의사 소통을 원활히 하자는 데 있었다. 그러나 사실상 클레어가 하는 일은 딸의 최소한의 자존심을 건드리는 것에 불과했다. 따라서 딸이 자존심을 지킬 수 있는 유일한 일은 반항밖에 아무것도 없었다.

이리하여 딸은 잠을 자지 않고, 잔소리를 늘어놓는 어머니에게 말대꾸를 하고, 자폐적인 행동을 보였다. 게다가 툭하면 집을 나가겠다는 말로 어머니를 위협하기도 했다.

이 두 가지 예에서 알 수 있듯이 아이들의 뜻을 무조건 받아들이기만 하는 어머니나, 간섭을 잘 하는 어머니는 모두 똑같이 아이들을 반항적이게 만들고 있다.

라트거스 대학의 라잘러스 박사는 이렇게 말한다.

"자기 억제가 강한 부모한테서는 마찬가지로

자기 억제가 강한 꼬마 히틀러가 나오고, 공격적인 어머니한테서는 자기 억제가 강하고 내성적인 꼬마 히틀러가 나오게 된다. 그러나 자기를 지킬 줄 아는 부모한테서는 자기를 지킬 줄 아는 아이가 나오는 것이다."

당신이 당신 아이에 대해 확실한 자기 주장을 할 수 있는가 없는가에 따라서 그 아이가 어떤 어른으로 자라느냐 하는 데 커다란 영향을 미치게 된다.

어머니가 확실하게 자기를 내세울 줄 아는 인간으로서 아이 앞에 설 때 그 아이는 자존심 있는 인간으로 자랄 수 있다. 이 점을 머릿속으로는 알고 있으면서 일단 자기 아이들과의 구체적인 생활에 접어들게 되면 자기를 내세우지 못하는 여성이 많다. 그 이유는 무엇인가?

◇ 자기가 어렸을 때 부모와 다투었거나 충돌했던 일을 생각하고 의식적 또는 무의식적으로 똑같은 경험을 아이들에게는 반복하지 않겠다는 각오를 한다.

그러나 그것은 친밀한 관계라는 것과 표면적으로 평화로운 인간 관계라는 것을 서로 혼동한 결과이다.

◇ 가정 밖에서는 무력하고 무능한 사람.
권력을 휘두를 수 있는 대상은 자기 아이들밖에 없는 경우.

◇ 자기 인생의 목표를 오로지 아이들에게 두고 있다.
아이들도 독립된 한 사람의 인간이라는 사실을 잊고 또 하나의 자기 자신이라고 생각한다. 자기가 이루지 못한 인생의 꿈을 아이들에게 기대한다.

◇ 자기를 지키는 행동을 배운 바가 없기 때문에 자기의 권익을 위해 싸울 줄도 모른다.

자기의 감정을 솔직하게 표현해야 한다고 아이들에게 가르치기는커녕 도리어 자기 자신에게도 자신감이 없는 부모.

◇ 부모로서 해야 할 역할을 모르고 있다.

부모가 아이들에게 관심을 갖는 것은 아이들이 무슨 큰 잘못을 저질렀을 때뿐이라는 잘못된 인식을 하고 있는 경우.

그 결과 아이들에게 부모의 마음에 들지 않는 일만 하지 말라고 가르치고 있는 셈이다.

◇ 아이들은 빠른 속도로 변화를 거듭하는 데 자기 자신은 조금도 변화하지 않고 있다.

사춘기에 접어든 아이들을 두 살 때와 똑같이 대한다.

자녀들과의 관계를 점검하라

① 자녀들에 대한 당신의 태도를 하나씩 반성해 본다.

◇ 언제나 내가 이겨야만 속시원하지 않았던가?

◇ 아니면 언제나 아이들한테 지지 않았던가?

◇ 아이들에게 너무 많은 기대를 걸지 않았던가?

◇ 아니면 아이들에게 지나친 기대를 걸지 않았던가?

◇ 아이들에게 자립하는 훈련을 가르치고 있었던가?

◇ 아이들이 화를 내거나 울거나 고집부리는 것을 무마시키고 게을리하지 않았던가?

◇ 아이들의 이야기에 귀를 기울이고 이해해 주려고 노력하고 있는가?

◇ 아이들에게 'No'라는 말보다는 'Yes'라는 말을 더 많이 하지 않는가?

◇ 친구 교제 문제, 학교 성적 문제, 자유 시간을 보내는 문제, 선악의 판단 등에 관해 아이들과의 견해 차이를 솔직하게 인정하고 있는가?

◇ 아이들을 과잉 보호하고 있지는 않은가?

◇ 가족 전체의 문제를 자녀들이 결정하여 해결하도록 한 일이 있는가?

◇ 사랑을 표현을 개방적으로 하고 있는가?

② 당신은 아이들의 모델이 되어야 하는 존재다. 당신이 당당한 자존심으로써 자립적인 생활 태도로 사는 모습이나 판매원·친구·남편 등 그 누구와도 항상 정직하고 유쾌한 인간 관계를 유지하는 모습을 자녀들에게 보여준다면 아이들도 그런 생활 태도를 배우게 된다.

반면에 당신 스스로 자립적인 생활 태도를 갖지 못하거나, 아이들에게 이끌려 양육하는 것도 주체적이지 못할 때는 반항적인 아이가 될 수밖에 없는 것이다.

이 때 주의할 몇 가지 사항을 소개한다.

◇ 당신 자신이 충실한 인생을 산다면 자녀들에게 지나친 기대를 하거나, 마치 자녀만이 자기 인생의 전부인 것처럼 생각하지 않을 것이므로, 지나친 요구를 하지 않는다.

◇ 당신과 자녀는 전혀 별개의 인간이라는 점을 잊지 말아야 한다.

아이들에게 일어나는 모든 일들을 모두 자기의 탓이라고 생각하는 것이 나를 지킬 줄 모르는 여성들의 특징 가운데 하나다. 예를 들면 자기의 자녀가 친구의 파티에 초대를 받지 못한 것은 그 아이의 어머니가 자기를 무시했기 때문이라고 생각한다.

◇ '남성적'이라든가, '여성적'이라든가, '남자니까' 또는 '여자니까' 하는 핑계를 대지 않는다. 아이들은 자기가 속해 있는 가정환경 속에서 가치관과 사고 방식을 익혀간다.

어머니가,

"나는 퓨즈를 갈 줄 몰라서……."

라고 말하는 것을 듣고 자라는 딸은 자기도 그런 것을 모르는 것이 당연하다고 생각하기 쉽다.

한편 과거에는 여자들이 하는 일로 알아왔던 요리·청소·설거지 등을 당신 남편이 잘 하는 것을 보는 아들은 자기도 그런 일을 하는 것을 어색하다고 생각하진 않는다.

코넬 대학의 심리학 및 소아과 교수로 있는 리 도크 박사는 말한다.

"단지 말만으로 남자도 음식을 만들 수 있다고 할 것이 아니라, 아버지가 몸소 실천해 보이는 것이 훨씬 효과적이다."

당신의 자녀들을 변화무쌍한 존재이며, 남녀 모두의 장점을 고루 갖춘 인간으로 길러줄 필요가 있다.

③ 부모는 부모로서의 권리를 갖고 있다는 것을 아이들에게 가르친다.

좋은 어머니가 되기 위해서는 언제나 아이들 편에서 아이들의 요구를 들어주는 것이 최선이라고 생각하는 여성들이 있다.

집안일로 바쁠 때는 "엄마가 바빠서 죽겠는데……. 좀 조용할 수 없겠니?" 하면서도, 엄마가 혼자서 조용히 책이라도 볼 권리는 스스로도 인정하지 않는다.

라잘러스 박사는 자녀 문제로 상담을 해 오는 어머니들에 관해 다음과 같이 말하고 있다.

"단 한 시간도 자신을 위해서는 허용하지 않는 과잉 보호형 어머니들을 상대하면 나는 그녀들에게 역설적으로 표현해 줍니다.

'당신은 먹는 밥마저 아끼고 싶지요. 당신이 먹을 밥을 자녀들에게 먹이는 편이 좋을 테니까요. 물도 마시지 말아야 합니다. 당신이 먹는 물의 양만큼 자녀들이 먹을 물이 줄어들잖아.' 이런 말을 어머니들이 알아들을 때까지 계속 말합니다."

직장을 가진 어떤 어머니가 14세 된 딸의 점심을 준비하기 위해 매일 6시에 일어나 허둥대고 있었다.

"하지만 그게 엄마의 의무잖아요. 딸아이가 그것을 바라고 있어요."

이 어머니는 이렇게 주장했다. 그래서 라잘러스 박사는 다른 예를 들어 말했다.

"그렇다면 당신의 친구와 만나는 것도 끊는 것이 어떨까요? 일도 하지 말고 하루 종일 딸과 함께 있으면서 그애의 주위에서 일어나는 일이나 처리해 주는 것이 좋겠군요?"

그녀는 박사의 말을 통해서 자기가 아침에 1시간 정도 더 잘 권리가 있다는 것, 점심을 싸지 않아도 딸에 대한 사랑이 결핍된 것은 아니라는 것, 그리고 14세 된 딸에게는 자기 손으로 점심을 싸라고 말할 권리가 있다는 것을 알게 되었다.

어떻게 하면 자기의 권리를 지킬 수 있는가에 관해 남편이나 주위에 있는 사람들과 상담을 하는 것도 좋다. 하루 종일 자녀들의 해결사만 할 것이 아니라, 하루 1시간 만이라도 피아노를 치고 싶다고 분명하게 주장한다면 당신 남편은 도움을 줄지도 모른다.

어떤 여성이 이런 말을 했다.

"나는 하루 세 번씩 자유로운 시간을 가져야겠다고 생각했어요. 그래서 난 아이들에게 말했죠. '엄마는 너희들의 심부름꾼이 아니란다. 식사 시간이 되었는데도 식사 준비가 되어 있지 않았을 때는 너희들이 준비해 먹으렴.' 하고요."

아이들에게는 "나는 이렇게 생각한다" 하는 어법을 자주 사용하는 것이 좋다. '나는……'이라는 어법은 당신의 권리임과 동시에 아이들과의 의사 소통을 위해서도 효과적이다.

먼저 당신 기분을 이야기해 주고 아이들의 행동이 원인이 되어 엄마가 얼마나 불편한지도 차례로 들려주는 것이다.

◇ 네 살박이 아이가 부엌 싱크대에 땅콩 버터를 여기저기 보기 흉하게 발라 놓았다. 그럴 때 어떻게 말하면 좋을까?

"아이고, 더러워라. 그럼 나쁜 애야."(좋지 않은 꾸지람)

"금방 청소를 했는데 그렇게 더럽히면 엄마는 어떡해? 다른 할 일도 많은데 청소를 또다시 해야 하잖니?"('나는 ……'이라는 어법)

아이들이 자기 마음에 들지 않는 짓을 할 때면 즉각적으로 반응하여 큰 소리를 치는 버릇이 있는 엄마는 좀처럼 '나는 ……' 이라는 어법을 쓰기가 어려울지도 모른다. 그럴 경우에는 화가 나더라도 우선 차분하게 마음을 가라앉혀야 한다.

그렇게 하면 감정을 다스리게 되어 분노를 폭발시키기도 어렵고, 게다가 이렇게 마음을 가라앉힌 다음 하고 싶은 말을 정리하면 한결 쉽다.

'나는……'이라는 말이 써야 할 때 자연스럽게 나오지 않을 때는 지나고 난 후라도 그 때의 말을 머릿속으로 연습하도록 한다. 그것을 남편을 상대로 연습해 본다. 연습하면 자연히 익숙해진다.

④ 부모로서의 권리를 충분히 행사해야 한다. 이것을 게을리하면 결국 자녀나 자기 자신을 위해서나 아무런 도움도 주지 못한다.

'나를 지키는 화술'을 자녀들에게도 활용할 줄 알아야 한다. 그 방법은 다음과 같다.

◇ 당신의 생각을 정확하게 말한다.

"매일 밤 열두시나 되어야 들어오다니? 대체 어찌 된 일이냐?"

이렇게 하기보다는 상냥한 어법을 써보라.

"엄마가 걱정이 되니까 일찍 들어오도록 해라. 네 나이 때는 잠을 충분히 자야 하는 거야."

◇ 추상적인 말보다 행위 자체를 꾸짖도록 한다.

"넌 너밖에 모르는 이기주의자라서 남을 생각하는 마음이 눈 꼽만큼도 없구나."

이런 식으로 문제 외의 일을 들먹이지 말고 그 때의 문제에 대해서만 말한다.

"네가 한 일은 이기적인 짓이야. 제인네 집에서 저녁을 먹을 생각이었다면 엄마한테 전화라도 걸어주어야지."

◇ 아이들의 마음을 멋대로 단정해서 말하지 않는다.

"넌 네 자신이 나쁘다고 생각하고 있는 게 틀림없어."

하지 말고

"엄마한테 말도 하지 않고 차를 몰고 나가다니, 네 스스로 아마 잘못됐다고 반성하고 있으리라 생각해."

이런 식으로 아이의 정곡을 찌르는 말을 가볍게 한다.

◇ 단호한 태도를 보인다. 일단 결심했으면 그것을 굽히지 않는다.

템플 대학의 소아과 데보라 필립스 교수는 말한다.

"어머니가 진정으로 거절하고 싶을 때는 단호한 태도를 취해야 합니다. 내 생각은 절대로 굽힐 수 없다는 강력한 태도를 보이는 겁니다. 그 이유가 무엇인지 설명할 필요는 없습니다."

"안 돼, 큰길에서 놀면 안 돼."

"안 돼, 전기 콘센트에 핀을 꽂다니."

"안 돼, 자동차가 다니는 길에서 롤러 스케이트를 타면."

부모가 안 된다는 말을 완강하게 분명하게 했을 때 아이들은 단념하고, 그러한 금지 사항을 중요하게 여기게 된다.

◇ 경우에 따라 분명하게 말한다.
아이들이 다른 사람에게 피해가 가는 행동을 했을 때 특히 이러한 태도가 중요하다. 어린이들에게 공격과 자기 주장의 차이를 가르쳐 주는 계기가 된다.
성숙한 자녀들한테도 이와 같은 태도는 필요하다.
한 어머니의 예이다.
그녀의 딸과 사귀는 남자 친구는 늘 정치 이야기밖에 하지 않아서 좀 듣기가 거북했다고 한다. 딸이 그 남자와 사귀는 건 자유지만, 저녁을 먹는 자리에서는 온 가족이 느슨한 시간을 가질 권리가 있다고 그녀는 생각했다. 그래서 그녀는 어느 날 저녁 이와 같이 선언했다.
"식사 중에는 정치 얘기를 일체 하지 않는 게 어떨까. 그런 얘기는 나중에 하지."

◇ 안 될 것은 안 된다는 확실한 태도로 해결한다.
당신 의견과 자녀들의 의견이 충돌하는 일도 흔히 있다.
당신의 의견을 분명하게 표현하는 과정에서 "그건 안 된다"는 태도를 보여줄 때 오히려 문제 해결이 쉬워지는 경우가 많다.

⑤ 자녀들에게도 자기를 지킬 줄 알도록 가르치는 것이 중요하다. 그러기 위해서는 몇

가지 유의 사항이 있다.

◇ 아이들의 기분을 존중한다.

도크 박사는 말한다.

"어린 아기가 울음을 터뜨려서 자기의 욕구를 표현하는 데도 그것을 상대하지 않고 내버려두면 아기는 지쳐 단념하고 잠이 들게 됩니다. 울음은 아기들이 나타내는 유일한 자기 표현 방식이죠. 이럴 경우 만약 당신이 아기의 요구에 귀를 기울이고 관심을 보여준다면 아기 역시 다른 사람과의 의사 소통이라는 것이 무엇인지를 깨닫게 되고, 어른이 된 다음에는 자기를 지킬 줄 아는 사람이 되는 것입니다.

아기가 울 때 지나칠 정도로 민감하게 상대해 주면 아기의 버릇을 나쁘게 길들여진다는 생각은 잘못입니다. 아기가 울 때 아무 반응도 보여주지 않으면 아기는 욕구 불만에 빠져서 소극적이고 의타심이 강한 아이로 자라게 됩니다."

◇ 자녀들을 인정해 준다.

부모가 바라는 행동을 자녀들이 했을 때는 그 자리에서 칭찬을 하는 것이 효과적이다.

어떤 부모들은 자녀들이 잘못했을 때만 관심을 갖는 사람도 있으나, 이런 태도는 아무 효과가 없을 뿐만 아니라, 자칫하면 나쁜 결과를 초래할 수도 있다.

자녀들을 조금씩 칭찬하고 인정도 해 주며 격려도 해 주어야 한다. 기회 있을 때마다 미소를 띠고 상냥하게 어깨를 도닥거려 주거나 안아주는 것도 효과적이다.

◇ 자녀들에게 선택하는 능력을 주어야 한다.
"바지는 빨강과 오렌지색과 초록색 가운데 어떤 색깔로 맞추면 좋을까?"

이러한 질문은 색깔을 고르는 안목과 더불어 자기에게 어울리는 색채를 선별하는 능력도 동시에 가르치게 된다.

만일 당신 딸이 당신 기호에 맞지 않는 색깔을 선택했을 때는
"나 같으면 다른 색깔을 골랐을 텐데."

이런 식으로 한 마디 해 주고 나서 딸이 선택한 색깔을 선택하도록 한다.
"아무거나 네 맘에 드는 것으로 고르렴."

이런 태도는 좋지 않다. 이와 같은 말은 '나는 너의 일엔 도무지 관심조차 없다'라는 식으로 들리기 쉽다.

자녀들의 개성을 존중해서 부모가 일단 골라놓은 몇 가지 가운데 한 가지를 고르게 하는 것도 좋다.

◇ 자녀들이 자유롭게 질문할 수 있는 분위기를 만들어 준다. 그리고 아이들의 질문에 귀기울이도록 한다.
"엄마 지금 바빠."
"귀찮아!"

이런 말은 아이들이 당신의 권리를 침해했을 경우에만 사용해야 한다.

도크 박사는 말한다.

"아이들의 호기심을 길러주는 일이야말로 자기 의식이 확실한 인간으로 기르는 올바른 길입니다."

◇ 자녀들의 문제는 될 수 있는 대로 자기 스스로 해결할 수 있도록 한다. 아이들에게는 아이들의 문제가 있다는 것을 인정하고, 그것을 당신 자신의 문제와 혼동하지 않는다.

부모는 아이들의 문제에 조언을 해 주는 데서 그쳐야 하며, 해결은 어디까지나 아이들 자신이 하도록 유도해 준다.

유명한 심리학자 칼 로저스 박사가 연구한 다음의 방법을 사용하는 것도 좋다.

"거기에 관해서 한번 이야기해 보자."

"음, 음, 그래서?"

"그전에 어떻게 됐었지?"

이런 식으로 당신이 관심을 갖고 있다는 것을 보여준다.

그러나 이야기를 도중에 막아 버리거나 중단시키지는 말아야 한다. 무슨 이야기를 어떻게 해야 할지는 아이들이 결정할 일이기 때문이다.

그 다음에는 자녀들의 이야기에 공감을 표시하도록 노력한다. 즉, 당신 자신의 감정이나 생각은 일단 접어두고 자녀들의 생각이나 느낌을 정확하게 알아챈 후 그대로 되돌려 주도록 한다.

당신이 하고 있는 말의 뜻을 당신 자신이 이해하기 어렵거나 또는 오해를 하고 있을 때는 자녀들이 그것을 지적해 줄 것이다. 이렇게 함으로써 지금 논의하고 있는 문제가 당신 것이 아니고 자녀들 자신의 문제라는 것을 가르칠 수 있다.

'나는······'이라는 어법의 연습

엘렌 : 로저스한테서 전화가 왔어요. 9시쯤 해서 다시 전화한
대요. 아마 나하고 헤어지고 싶은가 봐요.

어머니 : 그래서 기분이 좋지 않겠구나.

엘렌 : 엄마, 사실이지 난 죽고 싶어요. 로저스는 엘리스
하고 사귀는 것 같아요.

어머니 : 네 생각에 그렇겠지.

엘렌 : 그래요. 그애는 남자들을 잘 다루거든요. 그런데 난
안 돼요. 재미있는 이야기도 잘 하지 못 하거든요.

어머니 : 너도 엘리스처럼 남자아이들과 자유롭게 사귈 수 있
으면 좋겠구나.

엘렌 : 그래요. 난 인기가 없어요. 난 너무 신경이 예민한가
봐요.

어머니 : 네가 남자아이들한테 호감을 사고 싶거든 사소한
일에 너무 신경쓰지 않는 게 좋겠구나.

엘렌 : 그렇게 하려고 해요. 그래서 마치 그림 속의 꽃처럼
말이 없잖아요.

어머니 : 실패하더라도 괜찮은 거야. 그러니 조금씩 남자아이
들과 이야기도 해 보렴. 침묵을 지키는 것보다는 그 편이 훨씬
속시원할 거야.

엘렌 : 글쎄요. 가만히 있는 것보다는 남자아이들과도 말을
하는 게 낫겠지요.

이들의 대화에서 주의할 것은 어머니가 '나
는······'이라는 말을 쓰는 데 있어서 딸의 문제

가 어디에 있는가를 알려주고, 문제 해결의 열쇠를 주고, 딸로 하여금 자기의 태도를 바꾸어야겠다는 결심을 하도록. 이끌어 주는 역할을 하고 있다.

◇ 자녀들한테도 침해해서는 안 될 권리가 있다. 이 점을 잊어서는 안 된다.

어떤 옷을 입고, 어떤 과목을 공부하며, 직업은 무엇을 선택할 것인가 하는 것은 전적으로 자녀들의 몫이다.

아이들에게는 아이들대로의 가치관이 있다는 것을 기억하라.

라잘러스 박사는 이렇게 말한다.

"자기 방을 청소할 것인가, 말 것인가를 결정하는 것은 아이들 자신이 해야 합니다.

우리 집에서는 내 방과 그 밖의 방들은 내가 좋아하는 대로 정리하지만, 아이들의 방만은 안전성이 위협받지 않는 한 그냥 내버려둡니다.

부모가 자녀들에게 주어야 하는 것은 도움이지 독재가 아니에요. 직업의 선택이든, 대학의 선택이든, 어른들이 선택하고 자녀들로 하여금 이 선택에 따르게 해서는 안 됩니다."

⑥ 자녀들이 성장함에 따라 당신도 성장해야 한다.

자녀들이 어렸을 때는 부모의 영향력과 그 힘도 막대하다. 자녀들이 먹는 것, 친구 관계 등 모든 환경을 부모가 지배한다. 그러나 자녀가 성장함에 따라 부모의 권력은 약해지게 된다.

자녀들이 성장하면서 선생님, 친구, 친척, 텔레비전의 탤런트

등 자녀들의 모델로 될 수 있는 인물들이 부모 이외에도 많이 생겨난다. 이 때쯤에는 자녀들의 생활 환경을 모두 지배한다는 것이 불가능해진다.

이와 같이 부모의 영향력에 변화가 오기 때문에 지금까지 쓰던 방법은 효력이 없어진다. 그러므로 지금까지 써오던 방법을 억지로 계속한다면 서로 불신감만 늘게 된다.

부모 자신도 성장하여 자녀들과 토론하고 자녀들에게 의존도 하는 새로운 방법을 익히지 않으면 안 된다.

⑦ 아이들이 10대가 되었을 때는 부모 자식간에 하나의 계약 관계를 형성하는 것이 좋다.

자기가 바라는 것을 얻기 위해서는 서로간에 그 대가로서 무엇을 주어야 한다는 책임을 지는 것이다.

그런 점에서 계약의 내용은 아래와 같이 구체적이고도 확실하게 해둘 필요가 있다.

'공부를 좀더 열심히 한다'보다는, '매주 C 이상의 점수를 받는다.'

'밤에는 조금 늦게 자도 좋다'가 아니라, '10시까지는 자지 않아도 좋다.'

로렌스 웨이더스 박사와 로버트 P. 리버맨 박사는 〈가족간의 계약 연습〉이라는 연구에서 10대의 아이들과 부모들간에 주고받을 계약 항목으로서 앞 페이지의 표와 같은 것을 들고 있다.

부모가 아이들에게	아이들이 부모에게
① 이러한 일에는 잔소리를 하지 않는다.	① 매일 밤 몇 시부터 몇 시까지 공부한다.
② 월요일부터 목요일까지는 몇 시까지 일어나고, 금·토요일은 몇 시까지 일어난다.	② 등교 전에 침대를 정리하고 옷을 옷장에 건다.
③ 1주일에 하루만 외출을 하도록 한다.	③ 자기 방을 스스로 정리한다.
④ 매주 얼마의 용돈을 준다.	④ 이러이러한 일을 했을 때는 말대꾸를 하지 않는다.
⑤ 무엇무엇을 사준다.	⑤ 친구를 부모에게 소개한다.
⑥ TV시청 시간을 조금 더 연장시켜 준다.	⑥ 어떠한 과목의 성적을 높인다.
⑦ 어디어디에 갈 때만 아빠의 차를 이용한다.	⑦ 가출을 하지 않는다.
⑧ 자녀들의 물건을 검색하지 않는다.	⑧ 담배를 피우지 않는다.
⑨ 자녀들의 전화를 엿듣지 않는다.	⑨ 어떠어떠한 집안일을 도와준다.
⑩ 옷이나 머리 모양, 친구 사귀는 문제에 관해서 간섭하지 않는다.	⑩ 밖에 나갈 때는 부모의 허락을 받는다.
⑪ 운전 면허증 따는 것을 허락한다.	⑪ 평일에는 몇 시까지 집에 들어오고, 주말에는 몇 시까지 들어온다.
	⑫ 아침 기상시에는 소동을 피우지 않고도 일어난다.
	⑬ 이러이러할 때는 동생을 언제나 돌봐준다.
	⑭ 이러이러할 때는 TV나 오디오의 볼륨을 줄인다.
	⑮ 이러이러할 때는 동생들과 싸우지 않는다.

그리고 그들은 이렇게 요약한다.

"이와 같은 계약을 맺는 것이 아이들에게 뇌물을 주는 것과 다름없다고 생각하는 부모가 있지만, 그렇지 않다. 이것은 '뇌물'이 아니고 칭찬으로서의 상이다. 일을 하면 급료를 받는 것과 마찬가지로, 사회적으로 인정받는 일을 했다면 그 대가를 받는 것은 당연하다."

당신께 권하는 지혜의 책

신국판/각 권 7,000원

귀여운 여자라는 말보다 지혜로운 여자라는 말을 듣고 싶다

이 책을 통하여 남자 친구의 심리를 들여다보십시오. 그리고 자기
사람으로 만들어요. 사랑받는 지혜로운 여성이 될 것입니다.
오메이신 지음/남여명 옮김

지혜로운 아버지가 사랑하는 아들에게 보내는 47가지 삶의 길잡이

저자는 18세기 영국의 외교관이면서 정치가로서 탁월한 능력을
발휘했으며, 문필가로서도 명성을 날렸다.
저자가 살아온 삶의 경험을 아들에게 들려주는 지침서, 영국의
처칠과 디즈레일리 경이 읽고 극찬한 책.
필립체스터필드 지음/정영일 옮김

지혜로운 어머니가 사랑하는 딸에게 보내는 31가지 삶의 이야기

사랑하는 딸들아, 너희의 인생이 꿈과 모험과 변화와 상식과 투
자와 웃음과 애정으로 가득 찼으면 좋겠구나. 언제나 자기 자신
에 대한 확신을 가지고 자신의 직관을 믿도록 하여라. 그리고 무
엇보다도 여성이라는 사실을 큰 기쁨으로 여기기를 바란다.
캐디 C. 스펠맨 지음/이선종 옮김

선영 심리학 선서

프로이트 심리학 해설

S.프로이트 / C.G.홀

참다운 자아를 발견하고 삶의 행로를 찾아
나서는 이들을 위하여, 또한 인간과 그 심리
세계를 탐구하려는 이들을 위하여, 인간 심
리의 틀을 밝혀주는 프로이트의 심리학의
해설서. 인간이 인간답게 살아갈 수 있도록,
심리학에 입문할 수 있도록 인도하는 최고
의 명저.

정신 분석과 유물론

E.프롬 / R.오스본

인간의 정신을 의식·무의식의 메커니즘으
로 파악하는 프로이트 사상과 철저한 일원
론적 자세로 설명하는 마르크스 사상이 어
떻게 영합하고, 어떻게 상반되며, 그리고 무
엇을 문제로 빚는가를 사회 사상적 입장에
서 논한, 우리 시대 최대의 관심사에 관한
해설서.

융 심리학 해설

C.G.홀 / J.야코비

인간의 깨어 있는 의식의 뿌리를 캐며, 아득
한 무의식 속에 깊숙이 감춰 있는 세계까지
탐색하고, 그 심대한 체계를 세운 융 사상의
깊이와 요체를 밝혀주는 해설서. 무한한 세
계까지 헤아리는 융 심리학의 금자탑. 그리
고 인간 생활에서의 실제와 응용을 명쾌하
게 설명해 주는 최고의 입문 참고서.

인간의 마음 무엇인 문제인가?(1)

K.메닝거

현대 정신 의학의 거장 메닝거 박사가 이야
기하듯 밝혀주는 인간 심리의 미로, 그 행로
의 이상(異常)과 극복의 메세지. 소외와 불
안과 갈등과 알력과 스트레스 속에서 온갖
마음의 문제를 안고 사는 이들의 자아 발견
과 자기 확인 및 정신 건강을 위한 일상의
지침서.

무의식 분석

C.G.융

프로이트의 《정신 분석의 입문》과 쌍벽을
이루며, 또 어느 누구도 따를 수 없는 독보
적인 폭과 깊이를 담고 있는 융의 '무의식
의 심리'에 관한 최고의 걸작. 인간의 정신
세계에의 연구에 있어서 끝없는 시야를 제
시하는, 그리고 미지의 무의식 세계를 개발
하려는 융 심리학의 핵심 해설서.

인간의 마음 무엇인 문제인가?(2)

K.메닝거

제1권에 이어 관능편·실용편·철학편 등
이 실려 있는 메닝거 박사의 정신 의학의
명저. 필연적으로 약점과 결점을 지닐 수밖
에 없는 인간의 마음에서 빚어지는 갖가지
정신적 문제들에 대처할 수 있는 메닝거식
(式) 퇴치법이 수록되어 있다.

프로이트 심리학 비판

H.마르쿠제 / E.프롬

인간의 정신 세계의 틀을 제시하는 프로이
트 사상의 근거와 사회적 영향을 검토하고
검증하려는 비판서(이 책을 통하여 우리는
프로이트 심리학의 출발과 실제와 한계를
생각할 수 있다). 우리가 프로이트 심리학에
무엇을 기대하며, 무엇을 문제시해야 할 것
인가를 말해 주는 명저.

정신 분석 입문

S.프로이트

노이로제 이론에 있어서 새로운 영역을 개
척함과 아울러, 거기에서 획득할 수 있는 번
뜩이는 해안과 견해를 프로이트는 스물여덟
번의 강의에서 총망라해 다루고 있다. 인간
의 외부 생활과 내부 생활과의 부조화로 인
해 빚어지는 갖가지 문제들이 경이롭게
파헤쳐지는 정신 분석의 정통 입문서.

아들러 심리학의 해설

A.아들러 / H.오글러

프로이트의 본능 심리학과 융의 심리학과 함
께 꼭 주지되어야 하는 것이 아들러의 개인
심리학이라고 볼 때, 그 개인 심리학이 논구
하여 설명하려는 개개인의 의식 세계를 또
다른 시각으로 설파해 주는 해설서. 개인의
의식 세계에 대한 간결하고도 이해하기 쉬운,
이 시대 최고의 저술.

꿈의 해석

S.프로이트

꿈이란 어떤 형태의 것이든 소망 충족의 수
단이며, 꿈을 꾸는 사람은 그 자신이면서도
현실의 자신과는 완전히 단절되어 있다는
꿈의 비논리적 성질을 예리하게 갈파해 주
는 꿈 해석 이론의 핵심 입문서이며, 프로이
트 자신의 명성을 전세계에 드높인 이 시대
최고의 명저.

카네기 인생론

삶에 대한 모든 물음은 우리 스스로 체득할 수밖에 없을 것이다.

삶에 대한 어떤 설명도 우리 자신의 삶에 지침이 되기에는 어렵기 때문이다.

.이 책은 막연한 설명이 아니라 구체적인 제시를 한다.

우리가 어디에서나 부딪히는 삶의 현장에서 함께 이야기하고자 하기 때문이다.

카네기 출세론

이 세상을 살면서 주어진 삶에 충실하다는 것은 모든 이들의 소망이다.

그리고 가능한 모든 일을 이루어 낸다는 것은 유능한 사람들의 의무이다.

이 책은 유능한 사람들이 나아가야 할 바를 참으로 절실하게 제시해 주고 있다.

또 유능해지고자 하는 모든 이들의 삶을 위하여 봉사하고자 하고 있다.

카네기 지도론

참다운 지도는 함께 나아가는 것이다. 무엇을 제시하거나 지시하기 전에 피지도자가 무엇을 하고자 하는가, 무엇을 할 수 있는가를 알아서 그것을 이끌어주고, 또 그것이 이루어지도록 함께 노력하는 것이다.

이 책은 무엇이 참다운 지도인가를, 즉 어떻게 함께 나아갈 것인가를 그려내 보여주고 있다.

카네기 대화술

올바른 언어의 선택은 의사소통을 보다 원활하게 한다. 훌륭한 대화는 인간행위의 가장 승화된 형태라고 할 것이다.

이 책은 청중을 향하여 효과적으로 이야기하는 방법이 제시되어 있으며, 화술 훈련에 임하면서 경험한 실례를 중심으로 쓰여졌다.

현재를 출발점으로 당신은 효과적인 화술 방법을 통해 자신의 무한한 능력을 깨닫게 될 것이다.

카네기 처세론

최고의 처세라는 것은 우선 최선의 목표를 정하고 그 성취에 이르는 길을 갈고 닦는 것이다. 거기에다 자기를 세우고, 삶을 키워내고, 세상을 이끌어 갈 수 있는 힘을 닦는 것이다.

이 책은 거기에 있는 불후불굴의 조언을 새겨주고 있다.

카네기 자서전

노동자들은 온정에 보답하려는 깨끗한 마음을 갖고 있다. 적어도 진실로써 다른 사람을 대하고 어떤 문제가 발생했을 때 성의를 다해서 전력한다면 그들이 사용자에게 어떻게 대할 것인가 하는 염려 같은 것은 전혀 할 필요가 없다. 그러므로 덕은 외롭지 않다. 덕을 베풀면 반드시 그에 대한 결과가 있기 때문이다. 그리고 사업에 성공할 수 있는 가장 큰 원인은 완전한 계산을 통하여 금전과 자재 등의 책임을 충분히 인식시키는데 있다

신념의 마력

인간은 마음 먹기에 따라서 세상의 모습을 바꾸어 놓을 수 있다.

인간이 지닌 많은 힘 가운데 가장 큰 힘이 마음의 힘인 것이다.

신념은 일상생활을 통하여 우리의 이상을 그려낼 수 있는 강한 추진력이다.

이 추진력을 바탕으로 우리는 우리의 생활을 삶을 뜻대로 이루어 갈 수 있는 것이다.

정상에서 만납시다

미국의 유명한 저술가이며 자기개발 성공학의 권위자인 지그지글라가 진정한 성공에 다다를 수 있는 가장 빠른 방법을 제시하고 있다.

29년에 걸친 판매 경험과 인간개발 경험을 살려 각계 각층에서 활약하고 있는 최고 전문가들의 성공철학을 파악, 여섯 단계로 그 비결을 밝혔다.

머피의 마음만 먹으면 당신도 부자가 된다

당신이 만약 풍족하지 않다면 행복하고 만족한 생활을 결코 영위할 수 없을 것이다. 여기에 풍족한 삶을 누리기 위한 과학적인 방법이 있다. 당신이 성공과 행복과 번영이라는 달콤한 과일을 얻고 싶다면, 이 책에서 이야기하는 것을 정확하게 되풀이해 배우라. 그러면 당신의 앞날은 보다 아름답고, 보다 행복하고, 보다 풍족하고, 보다 고귀하고, 보다 웅장하고 큰 규모로 펼쳐질 것이다.

머피의 잠자면서 성공한다

머피의 이론을 바탕으로 하면 자기가 바라는 바 지위나 돈을 어떻게 얻을 것인가, 또는 우호적인 인간관계를 어떻게 실현할 것인가를 터득할 수 있다. 따라서 이 책에 명시된 대로 따르기만 하면 당신은 인생 전반에 걸쳐 기적적인 효과를 얻을 수 있다.

머피의 인생을 마음대로 바꾼다

이 책 속에는 당신의 인생을 변하게 하는 마법과도 같은 방법이 제시되어 있다. 다시 말해 기적이라고 할 만한 이야기들이 가득 차 있다. 당신의 마음속에 내재되어 있는 마법과도 같은 잠재의식을 어떻게 사용해야만 당신이 인생에서 성공할 수 있는지 흥미진진한 실례들을 통해 상세하게 알려주고 있다.

오사카 상인의 지독한 돈벌기 76가지 방법

오사카 상인의 13대 후손이며 미쓰비시 은행의 상무를 역임한 저자가 오늘날 일본 경제를 일군 오사카 상인들의 정신을 분석 수록했다. 무일푼으로 출발하여 그들만의 돈벌이 노하우와 끈질긴 생존능력, 아이디어를 바탕으로 세계적으로 유명한 유태상인과 어깨를 겨룰만큼 성장한 오사카 상인들의 경영비법을 바탕으로 부와 성공을 이룰 수 있는 방법이 자세히 제시되어 있다.

머피의 승리의 길은 열린다

당신은 이 책에서, '인생은 마음먹기에 따라 달라진다'는 평범한 진리가 당신의 인생에 있어서 얼마나 중요한가를 실감하게 될 것이다. 이 책에 제시된 인생의 법칙을 읽고 그것을 당신의 인생에 응용하면, 당신은 당신의 인생을 건강하고 즐겁게, 그리고 유익하고 성공적으로 가꿀 수 있는 힘을 얻게 될 것이다.

중국 상인의 성공하는 가질 74가지

미국, 일본의 뒤를 이어 세계 3대 경제대국으로 뛰어오른 중국의 숨은 잠재력, 서서히 일본의 경제를 위협하는 존재로까지 급부상한 그들에게 끈질긴 생명력과 강력한 경제력을 지닌 화교 사회는 중국 대륙의 비밀 병기였다.

그들이 성공하기까지 철저히 지켜주는 상인정신의 기본 자세를 배워 현재의 어려움을 극복하는 지혜를 배운다.

머피의 인생에 기적을 일으킨다

마음의 힘에 관해서는 많은 책 속에 여러 가지로 쓰여 있으나, 이 책에서는 당신의 모든 생활을 변환하기 위하여 이 힘을 어떻게 이용할 것인가, 건설적이며 성공할 수 있는 사고방식, 그리고 자신의 생활을 보다 풍족히 할 수 있는 방법 등을 기록했다.

유태상인의 지독한 돈벌기 74가지 방법

유태인들은 화교와 함께 세계 제일의 상인으로 손꼽히고 있다.

그것은 2천 년 동안 국가도 없이 흩어져 살면서 수없이 쏟아지는 박해와 압박을 견디며 일군 끈질긴 민족성의 승리였다. 그들은 열악한 환경 속에서도 자신들만의 독특한 상술을 발휘하여 오늘날 세계 경제를 좌지우지하는 지위에까지 오르게 된 것이다.

머피의 100가지 성공법칙

인생에서 성공한 사람들을 보면 하나같이 이 잠재의식의 법칙을 실천했던 사람들이다. 만일 당신이 지금 충분히 행복하지 않고, 충분히 부유하지 않으면, 충분히 성공하지 못했다면 그것은 당신이 잠재의식을 충분히 이용하지 못하기 때문이다. 이 책에는 당신이 가고자 하는 성공의 길, 부자가 되는 길, 인생을 한껏 즐길 수 있는 기술이 감추어져 있다.

임어당의 웃음

우리의 심리적 소질 가운데는 진보와 개혁을 저해하는 어떤 요소가 존재하고 있다. 즉 모든 이상을 웃어넘기고 죄악 그 자체조차 인생의 필요한 부분으로 미소로서 바라보는 유머임을 발견한다.

중국인의 특성의 장점과 단점이 흥미진진한 소재와 감동적인 문체로 전해지는 임어당 문학의 진수!

오늘 같은 내일은 없다

동화 속 샘처럼 맑은 영혼을 가진 헤세가 열에 들뜬 내 눈동자에 가까이다가가며 옛 노래의 추억을 속삭여 줍니다.

가장 달콤하고 이상적인 충고, 세월이 흐른 지금도 그의 이야기는 멋진 동화책처럼 우리들 앞에 펼쳐져 생생하게 될살아납니다.

인디언 우화

동물과 인간의 구분도 없고 생물과 무생물도 구별 할 줄 모르는 그래서 어쩌면 첨단을 달리는 현대과학의 분위기와 맛을 그대로 간직한 채 우주 속에서 살았던 북아메리카 인디언들의 이야기들은 오늘날 잊혀져버린 인간의식의 고향을 찾을 수 있는 오솔길이 될 것이다.

주역 김승호 ●대하소설

1권/연진인의 천명재판

세상과는 멀리 떨어진 깊은 산, 범상한 신통력과 전생을 간직한 사람들의 마을, 지존한 신선들의 은밀한 행보는 지상으로 향하고, 정마을은 상상조차 할 수 없었던 기이한 사건의 소용돌이 속으로 휘말려 드는데……. 연이은 긴박한 사건 속에 속세에서 폭력에 맞섰던 한 사나이가 정마을로 숨어든다.

2권/평허선공, 염라전에 들다

정마을 촌장의 기이한 행적으로 인한 의문은 쌓여만 가고, 건영이의 신비한 힘이 주역을 통해서 서서히 드러난다. 이 때 천계에서는 우주의 이상현상에 대한 답을 구하기 위해 특사가 파견되지만 요녀들의 방해로 죽임을 당해 뜻을 이루지 못한다. 한편 정마을을 떠난 촌장 풍곡선은 천계에서 심문을 받고…….

3권/종잡을 수 없는 천지의 운행

천계에서 서선 연행이었던 전생의 기억을 회복한 남씨는 숙영이 어머니와의 이루지 못한 슬픈 사랑에 가슴 아파한다. 우주의 이상현상의 하나로 나타난 혼마 강리는 정마을 사람들을 위협하고, 천계의 대선관 소지선은 평허선공을 피해 하계로 숨어 버린다.

4권/단정궁의 중요 회의

우주의 혼란을 바로잡을 방법을 구하기 위해 단정궁에 파견된 특사는 아리따운 총관 본유의 유혹에 넘어가 정력을 소진한 채 자멸하고 만다. 한편 지상에 나타난 혼마 강리는 땅벌파에게 무술을 가르쳐 세상을 지배하려 한다. 그러나 풍곡선의 부탁을 받아 그를 뒤쫓던 검의 명수 좌설과 일전을 치르는데…….

5권/선혈로 물든 인연의 늪

정마을 주변에서는 또 한번의 기이한 일이 발생한다. 빗자루를 든 괴노인이 나타나 닥치는 대로 사람을 죽이고 서울로 향하는 인규를 위협한다. 정마을이 지원하는 조합장측과 혼마 강리가 지원하는 땅벌파 간의 오랜 이권 다툼 끝에 드디어 협상이 이루어져 새로운 전기가 마련된다. 천계에서는 동화궁과 남선부 간에 전쟁이 일어나 아수라장이 되어 버린다.

6권/옥황부의 긴급 사태

건영이는 하루가 다르게 도를 깨우치고 혼마 강리도 극강의 힘을 얻기 위해 땅벌파를 동원해 여체를 찾아 나선다. 그들은 드디어 무척 날쌔고 힘이 장사인 미친 여자를 만난다. 그러나 혼마는 뒤쫓던 좌설과 능인의 일격을 당해 중상을 입는다. 이 결투로 능인도 목숨을 잃을 위기를 당하지만 때마침 천계에서 건영이를 만나러 내려온 염라대왕의 도움으로 살아난다.

7권/여인의 숭고한 질투

빗자루 괴인은 마침내 정마을로 쳐들어오고 이를 미리 알아챈 건영이는 마을 사람들을 산으로 대피시킨다. 건영이는 염파를 보내 괴인을 자신에게로 이끌어 전생에 역성 정우였음을 밝히며 주역에 대해 문답을 나누어 위기를 넘긴다. 한숨 돌린 건영이는 또다시 천계에서 내려온 염라대왕을 만나 우주의 이변에 대해 상세히 진단을 내려준다.

8권/기습당한 옥황상제

좌설과의 결투로 중상을 당한 혼마 강리는 거지 무덕의 덕으로 목숨을 구했을 뿐만 아니라 극강의 힘을 향해 치달렸다. 이에 강리는 조합장측에 도움을 주고 있는 정마을의 위치를 알아내 단번에 섬멸해 버리기 위해 땅벌파들을 지방으로 내려 보낸다. 한편 정마을의 남씨는 전생에 천계에서 친구였던 수지선의 방문을 받는다.

9권/다가오는 정마을의 위기

풍곡선은 평허선공의 추적을 뿌리치기 위해 옥황부의 특사가 되어 요녀들이 들끓는 단정궁으로 향한다. 평허선공은 염라전에 나타나 염라대왕과 일전을 벌이는데……. 지상의 혼마 강리는 드디어 무덕의 신통력으로 극강의 힘을 얻고 정마을을 정복하기 위해 땅벌파와 함께 춘천으로 떠난다.

10권/슬픈 운명

정마을로 침투하려던 강리 앞에 수지선이 나타나 결투를 벌인다. 극강의 힘을 발출하며 강물 위에서까지 혈투를 벌인 끝에 강리가 생을 마감하여 바람처럼 사라져 버린다. 한편 천계에서는 평허선공의 사주를 받은 동화궁의 선인들이 옥황부로 쳐들어가고, 살상은 계속되었다. 지상과 천계의 이변을 수습할 방법은 없는 것일까? 그리고 단정궁으로 떠난 풍곡선의 운명은…….